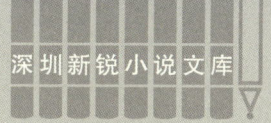

主编 杨争光

总策划 邓一光 尹昌龙

深圳故事的十二种讲法

李德南 项静 徐刚 / 著

海天出版社（中国·深圳）

图书在版编目（ＣＩＰ）数据

深圳故事的十二种讲法 / 李德南 项静 徐刚 著. — 深圳： 海天出版社， 2016.1

（深圳新锐小说文库）

ISBN 978-7-5507-1521-9

Ⅰ．①深… Ⅱ．①李… Ⅲ．①中国文学－当代文学－文学评论－文集 Ⅳ．①I206.7-53

中国版本图书馆CIP数据核字(2015)第280377号

深圳故事的十二种讲法

Shenzhen Gushide Shier Zhong Jiangfa

出 品 人：聂雄前
书稿统筹：于爱成
责任编辑：涂　俏　蒋鸿雁
责任校对：张　玫
责任技编：蔡梅琴　梁立新
装帧设计：李松璋书籍设计工作室

出版发行：海天出版社
地　　址：深圳市彩田南路海天综合大厦(518033)
网　　址：www.htph.com.cn
订购电话：0755-83460293(批发)　83460397(邮购)
排版制作：深圳市思成致远创意文化有限公司　0755-82537697
印　　刷：深圳市顺帆达印刷有限公司
开　　本：787mm×1092mm　1/16
印　　张：15.75
版　　次：2016年1月第1版
印　　次：2016年1月第1次
定　　价：29.80元

序　言

主编这套文库，是一种享受。

阅读十二位青年作家的作品，更是一种享受。

还有鼓舞。

边鼓边舞——兴奋！

十二位文学新锐，是从几十位符合条件的作家中推选出的，也许并不能代表深圳文学的高度，却能真切地感受到深圳文学滋养、生成的元气、生气、意气。有这三气在，新的高度是可以预见的——不仅是将来深圳文学的高度，也许还是将来中国文学的高度。

三十多年，能聚集如此整齐的文学集群——我实在不愿使用"新军"这个词，文学实在不是因为利益或信仰而生发的战争，文学群体也实在不是军事组织——也只有深圳能够。

我从来都认为，"文化沙漠"是对深圳的误判。面对这种误判，深圳以它包容开放的胸怀和着眼未来的视界，踏实、稳健地建设着自己的文化。来自五湖四海的深圳人，携带着他们各自的文化之根，就地栽培。移民，遗民，夷民，互不嫌弃，互不抵牾，欣然接纳，不拒杂交——深圳就是这么任性！养性之后的任性。现在完全可以说，深圳不仅是个经济奇迹，也创造了文化培育、积累和健康生长的奇迹。

文学是文化的组成部分，并处于文化最敏感、最精致的部位。深圳文学曾有过短暂的浮躁。浮躁是一种内在焦虑导致的精神和行为变形。很快，这种浮躁就成为浮云而升天，留下的是平稳的文学耕耘。而且，这种文学耕耘的主流是非职业的民间写作。本文库中的十二位小说新锐，都不是所谓的专业作家。仅凭这一点，不仅这十二位，整个深圳文学的生态，也可以是未来中国文学生态在当下的一个试水，或者说是一个示范也成。这就是深圳的见识。也是深圳的性格：有健康理性为根基的见识，就付诸行动，创造成果。

深圳有"打工文学""青春文学""网络文学"，但以为这就是深圳文学的标志，也是一种误判——对深圳文学的误判，正如"文化沙漠"说对深圳的误判一样。每一位作家都是打工者；许多作家都可能以"打工者"作为他们的文学形象。每一位作家都有或有过青春期；过了青春期的作家也可能叙写"青春"。在互联网时代，每一位作家都不可能或很难拒绝网络，"网络文学"作为一种瞬间现象，已经成为过去时。深圳文学将不在所谓的"打工文学""青春文学""网络文学"等等标签的框定里打转。

文学就是文学，不是别的。文学和"打工""青春""网络"遭遇，将是日常性的。深圳文学要的不是有形无义的标签，而是真正属于文学的品相。这品相既是深圳的，也是中国的、人类的。福克纳以一块"邮票大的地方"为文学地盘，写出了人类的精神境遇以及充盈于胸的悲悯情怀。鲁迅以"未庄"为文学地盘，塑造出了可与堂吉诃德相媲美的人类精神形象。本丛书中的十二位作家，性格不同，文笔各异，却都有着不甘平庸的文学野心。他们守着深圳，一个现代与后现代并存、移民与遗民甚至夷民杂居、物质与精神厮杀、灵魂与肉体纠缠、解构与建构时刻都在发生的地盘上，文学野心能否成为文学现实，我不敢妄言，但深圳应该有着它足够的耐心，等待和期盼。

说得似乎高亢了点。那就降低调门，轻声说几句：由于先天性营养不足——比如，长期缺乏不断发展的自然科学和人文科学的后援与支持；比如，白话文写作至今也不足百年的实践，等等——从整体来说，中国的叙事文学，包括小说艺术的家底，并不丰厚。五千年中华文明固然伟大，但仅以此作为现代小说艺术的滋养，我以为是不够的，因为小说艺术要抵达的是整个人类。

鲁迅是清醒的："过去的生命已经死亡。我对于这死亡有大欢喜，因为我借此知道它曾经存活。死亡的生命已经腐朽。我对于这腐朽有大欢喜，因为我借此知道它还非空虚……"以汲取营养论，鲁迅是母奶和狼奶通吃的。正因为清醒，还在中国现代文学起步的时候，他的心血书写，创造了中国文学的高标。

精神荒芜，思想枯竭，是人的穷境，文学的死境。

在生命的关口，守住了人的底线，也就站在了人的高点。在文学的关口，守住了写作的底线，也就守住了文学的高地。

我愿以此与年轻的同道们共勉。

末了，还有几句说明：

本"文库"又称为"12+1"，即十二位文学新锐的作品，并一本文学批评专著。相信批评专著能对十二位青年作家作品——或许还有深圳文学，有精到的解析。

本"文库"由邓一光先生提议，他和尹昌龙先生任总策划，由我担任主编。具体的联络、协调及编务工作，是由工作室的几个年轻朋友做的。

本"文库"的作家年龄均在四十五岁以下（含四十五岁）。吴君、盛可以诸位应在此列，因事先议定的原则，未进入本文库，是一个遗憾。

本"文库"由深圳市宣传文化基金全额资助，海天出版社独家出版发行。

为深圳文学祝福。

杨争光

2015年6月26日

前　言

何谓新锐，作家何为？

深圳是一座新城市，它的文学也是年轻的，未必很成熟，却随处可见生机。置身其中的作家与作家之间，则往往既有共性，也有个性。这十二位新锐作家亦是如此。他们生活在同一座城市，但他们的作品各有各的气息，各有各的腔调，丰赡多姿地构成了深圳故事的十二种讲法。

何谓新锐？"年轻"自然是题中之意，但更重要的，则在于它意味着"惟陈言之务去"，意味着无法便利地标签和收纳，意味着在面对他们的小说时，能看见参差多态的样式，这亦彰显了文学本身的广袤和辽远。假如我们看到的是极为同质化的文本，是风潮式的对某类题材一哄而起然后一哄而散，是对现实的机械复制，那么是文学的生态出了问题，要么就是小说家的观念出了问题。

在这十二位新锐作家中，蔡东的写作能力全面，有才情，也有不凡的修为。不管是她看问题的深度，还是精神的高度，都不太像是青年作家所能达到的。她将这个时代知识分子内心的裂变和挣扎写得深透有力，放诸国内青年作家群体也是极有实力的一员，不可忽视。毕亮曾将个人的小说集命名为《在深圳》，是一位自觉、自知的城市书写者。"在深圳"不仅标明了故事发生的空间，更指向一种独特的存在状态。流动的、迅速变化的、充满不安的城市经验，是毕亮重要的书写对象。他的文字带着疼痛，尖锐冷峻而饱含现代意味。厚圃的小说多是关注某一类人群，重视写他所熟悉的生活与风景，这些作品所营构的世界却是宽广的，文字也庄重厚实。刘静好的小说题材和语言方式都有自身的特点，她的关注对象主要是城市中产阶层的精神状况，语言诙谐灵动。钟二毛的作品则力求在城市与乡土间寻找合适的通道，体贴现实，对时代之变敏感而富有洞察力，杂糅进类型小说的技巧，流利可读而不乏深刻。陈再见则以其独特的生活经验为底，也有求变意识，兼具乡土中国的讲述者、城市生活的观察者、先锋小说的承传者三种面相。弋铧的作品跟现实短兵相接，不依赖技巧，于平实中埋藏下撼动人心的力量。宋唯唯的文字富有古典的意趣和情调，重视写现代个体的精神层面。徐东的西藏系列小说以诗性的运思方式契合了西藏这一叙事空间，既讲述对远方与自由的渴望，也不乏对爱情的赞颂。曾楚桥的写作浸润着西方现代主义的书写传统，又试图朝向中国经验而扎根。郭建勋的小说传达出底层生活粗粝鲜活的现场感，有呐喊，也有彷徨。俞莉的小说偏重教育和情感问题，洞悉深圳人心底的焦虑与无助，又持续追问人在这个时代何以安身安心。

他们的写作，确实体现出了各自的个性和差异，这"不一样"的所在，最为值得看重。当然，他们的小说也存在着种种的不足，甚至存在着必须想办法克服才能继续前行的难题——这些我与项静、徐刚在作家论中已有所涉及。从总体上看，深圳的作家还应该更具青年的锐气、抱负和胆色，在艺术表现方式上有更自觉更多样的追求。我期望这里面有人能传承经典而终有突破，自身亦进入经典的序列。他们毕竟是居于城市的写作者，我也期待他们能借助文字而营造起各自心中的"我城"，能对现代经验作更充沛也更有深度的表述，能形成更为整合的生命哲学与叙事伦理学，让写作不是出于对现实的回避，而是对生活的回报。

李德南

2016年1月20日

目　录

从乡土中国到城市中国

——陈再见小说论

　　城市文学是近年来文学界和批评界的热门话题，有人认为，中国当代文学需要经历一场从乡土文学到城市文学的转变。这种提法，有它的合理之处，当然也有它的意义，尤其是我们一直缺乏成熟的城市文学，如今的生活现实又迫切地要求我们关注城市。今天已经有越来越多的人生活在城市里，面临着各种各样的问题，这给我们的文学提出了新的要求。如何写好城市，其实也是为了更好地理解和处理我们的生活经验。

可是，过于强调城市文学要取代乡土文学的话，其实也有问题——这也会导致一种经验的遮蔽。今天中国依然在不断地走城市化的道路，可是乡村并没有完全消失，而且也有许多的问题，需要得到作家们的关注。城市文学和乡土文学的分野，也只是暂时性的话题。就文学的根本而言，不管是写乡土，还是写城市，都是可以写出好作品的。一个作家也只有同时关注城市与乡村，他的视野才会完整，对问题的认识才会全面。

要同时写好城市和乡村，无疑有极大的难度，因此，今天的许多作家往往会有所取舍，将笔力集中在其中一个方面，这有利于作家形成个人的写作领域和写作风格，也有利于作家在短期内赢得注意。可是陈再见并没有走这样的路。他着力关注中国从乡土中国到城市中国的转变，以一种温和而执着的方式表达自己的所见所思。这跟他的出身与成长是有关系的。他生于1982年，是广东陆丰市甲西镇后湖村人，现在在深圳工作，先后做过工人、杂志编辑、图书管理员，等等。与这种经历相应，陈再见的小说，也主要有两个叙事空间：湖村与深圳。到目前为止，陈再见已在《人民文学》《中国作家》《山花》《江南》等杂志发表近百万字的作品。从大体上看，他的小说可以分为三个部分：一是写乡村的，也就是他所命名的湖村系列，又可以以去年由花城出版社出版的小说集《一只鸟仔独支脚》作为代表。还有一部分作品则以城市为叙事空间，如《大梅沙》《七脚蜘蛛》《侵占》等。《大军河》《妹妹》《上帝的弃儿》等作品，则能看出余华、苏童等先锋小说家的影响。相应地，陈再见亦有三种形象：乡土中国的讲述者、城市生活的观察者、先锋小说的承传者。

一

对于今日之乡土中国，陈再见是一个敏感的、自愿自觉的讲述者。他的乡土写作，有独属于他个人的记忆，也有鲜明的特点。他总是把这个时代的经验和现实放在中心位置，调动各种艺术手段力求确切地表述这种经验与现实。像市场经济改革、政治改革、乡土文明和乡土中国的衰败、农村出身的青年在城市和乡村之间的流动问题……80后这一代人所遇到的主要问题，在他的小说中都有所体现。

与此同时，不管是写作何种题材的小说，叙述者多数是与陈再见本人的形象重合，如蔡东所言："陈再见的小说里，时常闪动着一双儿童的眼睛。"①

这里不妨以《拜访郑老师》为例。其叙述者的名字甚至就叫阿见。小说主要是以少年阿见的视角来写他的哥哥陈银水这个乡土青年如何获得现代性，成为一个现代知识分子。这篇小说的结构颇有特点，一共分为六个小节，单数部分主要是讲述我哥哥带着我去拜访郑老师的经历，用的是现在时，但所叙述的内容实际上已成为过去。里面写到我哥哥作为一个文学青年如何向郑老师请教，成为一个小学老师后又因为一次教育事故而失去教职。双数部分，实际上承接上

① 蔡东：《少年心事与诗人情怀——陈再见小说论》，《创作与评论》，2013年第10期。

述状况开始讲述：哥哥失去教职后，希望改变自己的命运，于是选择了去石家庄学医。他本希望学成后能留在北京工作，最终却回到了家乡，成为一个乡村医生，在气质和行为上跟郑老师越来越相似。小说的情节并不复杂，其细节则颇有意味。比如小说中多次写到哥哥喜欢写日记，崇拜郑老师，郑老师则喜欢看报纸。郑老师实际上是乡土世界里的启蒙者，身上有现代知识分子的精神气息。"我"哥哥本来已顺利获得教职，后来之所以丢掉工作，是因为恨铁不成钢，把一个学生的作文撕成两半，偏偏这个学生的父亲就是镇长。这构成了对镇长的权力的冒犯，以至于郑老师也无能为力，无以挽回。小说中又写道，哥哥学医后原本经常给家乡的人写信，后来却只给郑老师写，因为只有郑老师会给他回信，也只有郑老师能理解他。从石家庄归来后，哥哥则变得有洁癖，"手指甲一定得剪到和肉齐平，不能容一点污垢。吃的就更讲究了，什么不能吃，什么要少吃，他还不敢喝井里的水，说里面有细菌，还有寄生虫。他说得没错，可整个村子都那么喝，也没喝出什么事。我觉得哥哥学医没学出一个好前程，反而学会了更多乱七八糟的禁忌"①。这种对讲卫生的追求，正如路遥《人生》中的高加林一样。当陈银水在失意中回到乡村，同样会像高加林一样因为卫生问题而显得格格不入。"卫生的现代性"，也不妨视为"精神的现代性"的隐喻，暗示着接受过现代教育的农村出身的知识青年可能会跟生于斯的故乡形成隔阂。

在《拜访郑老师》当中，"我"哥哥与乡土世

---

① 陈再见：《拜访郑老师》，《一只鸟仔独支脚》，花城出版社，2014年，第12页。

界的隔阂，只是隐约可见，另一个短篇《哥哥的诊所》则可以视为《拜访郑老师》的后续。它主要讲述的是哥哥在石家庄学医三年后回乡的经历。湖村的人更多是喜欢能上门来看病的赤脚医生，哥哥却觉得这不够文明。作为一个自认为称职的医生，他也为需要跟另外三个赤脚医生以同样的方式竞争而感到羞耻。因此，他坚持开诊所，而且是非常有现代意味的诊所。它不但拥有高档的招牌，摆设也非常现代，有医学人体图，有各种各样的医书，哥哥则每天都在诊所里坐诊，"穿上他特意制定的白大褂，有事还戴顶白色的帽子，把听诊器挂在胸口处，看起来像是故时人所佩戴的器物……"①。哥

---

① 陈再见：《哥哥的诊所》，《一只鸟仔独支脚》，花城出版社，2014年，第20页。

哥甚至比镇上的医生还要认真，哥哥坐诊前会到水
盆边洗手，先用洗洁精洗，再泡酒精，"哥哥洗手
的动作很优雅——那晚我看得仔细，他的手竟然和
女孩子的手差不多，如果单看那手，打死也不会相
信那是一双男人的手。哥哥的手不但白，细腻，还
柔，他洗手时，那些泡沫和水珠像是敷在他皮肤上
的另一层皮肤，不会往外溅出一点泡沫和水珠，更
不会制造出多大声响——整个过程，倒像是在进行
着一场严肃而柔软的宗教仪式"①。这些细节，对
塑造哥哥这个人物形象是有重要作用的，既营构了
哥哥的内心世界，又揭示了他和所在的乡土世界的
隔阂究竟有多深重。他所挂的医学人体图在村里人

---

① 陈再见：《哥哥的诊所》，《一只鸟仔独支脚》，花城出
版社，2014年，第24页。

眼里看来只是裸体图，他的讲究显得不合时宜，甚至他所做的这一切，都是不被理解的。他处于一种"在而不属于"的状态：个人的肉身是"在"乡村，精神上却"不属于"，无法认同周围世界，也得不到周围世界的认同。

陈再见在经营这些细节时，既有意识地将个人的遭遇与时代的变迁联系起来，但又不局限于此。在他的小说中，哥哥的问题并不完全是外界造成的，而是有他自身的原因。小说中暗示，哥哥可能有梦游症，他知道真相后，自己吓得半死，中途便辍学了。也就是说，哥哥的困境是多方面的——可能是社会学意义上的，也可能是生理学意义上的，或者是命运意义上的。这种处理方式，会降低作品在社会批判方面的力度，对人之困境的认知，却更为深入、全面。这也增加了作品的文学性，使作品避免沦为简单化的问题小说。

对这种"在而不属于"的社会现象与精神现象，陈再见关注颇多。除了上述两篇小说，《阿道的发室》也涉及这一问题。小说中的阿道和他的父亲、祖父一样，都是理发师。阿道的父亲和祖父都是挑个担子走街串户，到了阿道开始有所改变——他开了间发室。小说开篇即写道："别人的发室墙上贴的是明星，阿道的发室贴的是海明威。"他也是一个向往现代文明的农村知识青年，以知道墙上所贴的人物是海明威为傲。不同于《拜访郑老师》与《哥哥的诊所》中的哥哥，阿道并没有被现代文明充分教化，身上仍有许多蒙昧的所在。小说中写道，阿道的父亲和祖父都很爱说话，"口水多过茶"，"到了阿道这一代，竟然就一句话都不想说了，仿佛上辈的人把这个家族的话给说得差不多了，没留下多少话给子孙。阿道有时挺反感父亲和爷爷，虽然他们在他年少时就相继去世了。不过话又说回来，没那爷俩，阿道也学不来这一手剃头的功夫，如果那样，眼下便不知道做什么好了。有一身手艺和没一身手艺，还是不一样的"。①这是一个沉默的青年，这种沉默既是实在意义上的，也不乏象征层面的意义——乡土里的青年受到了现代文明的感召，开始重塑自身，又不知道如何贴切地表达自己的向往，无从发声，更无法找到可以通达理想的现实道路。《阿道的发室》中还有一个名叫一朵的人物，她和阿道一样，都向往现代文明，甚至知道的比阿道还要多。她曾经读书成绩很好，后因高考失败而开始失眠，患了忧郁症。她真实的名字

---

① 陈再见：《阿道的发室》，《长江文艺》，2015年第6期。

叫杜婉琴，"喜欢文学，熟知国外一大帮作家，但自己写不了东西，或者说写了发表不了，一朵是她喜欢的作家，其实也不能叫作家，就是本地一个普通作者。可她喜欢一朵的文章，于是，在陌生人那里，她有时就成了一朵"[①]。这里面有模仿，但模仿者和被模仿者之间的关系是微妙的。很多时候，模仿者很难达到被模仿者的水准与境界，更不能形成超越。起码在这篇小说中，杜婉琴就是这样的。正是通过一间理发室，一幅海明威的肖像画，还有一只名叫"外星人哇咔咔"的猫，一个名叫一朵的作家，陈再见写活了阿道与杜婉琴这两个小镇青年的形象。

陈再见的《藏刀人》《大军河》《飞机在天上

---

① 陈再见：《阿道的发室》，《长江文艺》，2015年第6期。

飞来飞去》《陌生》等作品，也可以归为乡土小说一类。这些作品均注重书写时代之变，以及这种变迁所带来的人物心灵的重构，在叙事上则大多采取一种"去美学化"的策略。对于年轻一代作家而言，今天写城市文学的难度比写乡土文学显然要小一些。年轻一代的城市生活经验，已经要比乡村的生活经验要丰富，有的甚至是完全没有乡村的生活经验的。我们的乡土文学传统也非常强大，尤其是鲁迅、沈从文、陈忠实、萧红这些作家，在乡土文学上所取得的成就都是令人瞩目的。不管是在经验的表达，还是在写作美学的建构上，他们都让年轻作家觉得有压力，会有一种影响的焦虑。面对乡土文学的大师，今天的年轻作家要想继续在乡土文学上有所作为，很重要的一点，就是要做一种"去美学化"的尝试。所谓的"去美学化"，就是说我们在写作的时候，既要继承文学的传统，又要敢于走跟鲁迅、沈从文这些作家不一样的路。在二十世纪，乡土文学形成了几种不同的书写范式，其中鲁迅所代表的，是一种典型的启蒙叙事。借用程光炜的话来说，"鲁迅是以其特有的强烈不安的现代性焦虑，把批判锋芒直指所谓中国传统文化的'封建性'和'民族劣根性'，来建立中国现代文学史'改造国民性'的主流型文学叙事"。①对于乡村世界，鲁迅是持一种很激烈的否定的、怀疑的态度。"沈从文则反其道而行之，他激烈地批判'现代'文明对中国乡村社会的破坏、扭曲和改造，通过'寻根'的文学途径重返那种精神意义上的湘

---

① 程光炜：《文学讲稿："八十年代"作为方法》，北京大学出版社，2010年，第349页。

西，在现代的废墟上重建带有原始意味和乌托邦色彩的'古代文明'。"①对于乡村，沈从文主要是持一种肯定的，甚至是礼赞的态度。与此相连，鲁迅和沈从文其实建立了两种不同的写作美学。在他们之后的很多作家，在写作乡村文学作品的时候，往往会自觉或不自觉地，要么站在鲁迅这一边，要么是站在沈从文这一边。今天的乡土，有属于它自身的更为独特的经验与现实，我们如果想要更好地表现这种经验与现实，就必须"去美学化"，不要只是考虑鲁迅、沈从文这些前辈是怎么写的，起码是不要完全参照他们的思路和观念，而要学会自己去看，去感受，去直接面对这种现实，努力形成自

---

① 程光炜：《文学讲稿："八十年代"作为方法》，北京大学出版社，2010年，第349页。

己看问题的立场和角度。

陈再见的乡土写作，正是在做类似的尝试。他知道鲁迅会怎么写，沈从文会怎么写，但他不是盲目地参照他们的写法，也不会以他们的态度为态度。他更关心的是，现在的乡土世界到底是怎样的，出现了哪些问题，这块土地上的人们活得怎么样，作家在面对这些状况时又该如何表达。而一旦作家真正找到合适表达这种经验和现实的方式，找到自己的着力点，新的写作美学也会在这个寻找的过程中慢慢成形。因此，"去美学化"的过程也是一个"重新美学化"的过程。不管是对于陈再见，还是对于其他乡土作家来说，要最终形成新的思想观念和美学风格，还需要漫长的努力。

二

除了关注乡土中国的变化，陈再见也是城市中国的讲述者。典型意义上的城市文学，其叙事空间既是自足的，又是封闭的，其作品总有属于城市本身的语调与气息。陈再见的作品却并非如此，在书写城市的同时，总会涉及乡村。在他笔下，乡土中国和城市中国总有脱不开的关系和牵连。因此，他所写的，并非是典型意义上的城市文学。

《七脚蜘蛛》主要是写"我"与水塔这两个人物。他们都来自粤东，曾一起到深圳的电子厂打工。水塔一度成为拉长，"我"则是物料员。水塔做人比"我"要活络，有时候甚至会为了钱而不惜偷窃。他们和别的过来人一样，希望能通过自己的努力，买房买车，扎下根来，成为深圳这一新城市的一员。而对于庞大的打工族来说，这就像是一个不切实际的梦想，借用小说里"我"的看法，"那就跟读小学那会说要当个像爱因斯坦那样的科学家一样远大悲壮"①。当诸多的困难甚至是困境在眼前展开时，的确有不少人，会像"我"一样，选择过半是逃避半是妥协的生活，或者和水塔一样，耗尽心思，甚至不惜铤而走险。这两条路，都不乏典型。《七脚蜘蛛》并没有写到乡土生活，也没有写到"我"与水塔对乡土的态度。可是很显然，他们并不想回到乡土世界里，继续过以往的生活。在他们看来，哪怕在城市里过着一种流离的生活，也比回乡下要强。但是乡土的记忆总有其坚韧的一面。比如小说里的七脚蜘蛛，既真实地存在于水塔那堆

---

① 陈再见：《七脚蜘蛛》，《作品》，2013年第6期。

满废品的出租屋里，又与他们的出生地联系在一起。我不知道在粤东是否真有七脚蜘蛛是"七脚拐鬼"这么一说，但这种特殊的经验与记忆，成了小说里最引人注意的部分。虽然小说的叙述者"我"不再像更早的离乡入城者那样，在城与乡之间有那么多的心理纠葛，但他们依然是社会变迁途中的中间物，必得承担社会历史所给予他们的命运。因着七脚蜘蛛这一意象，他们的命运有了隐喻般的力量——住不下来又不能离去的城市，对他们来说，也正是一只七脚蜘蛛。它有属于自身的魔力，"谁要是在夜里遇到它，谁就得经受那种魔力的考验，也就是在死的边缘挣扎"。

《双眼微睁》的叙述者跟陈再见本人一样，都是作家。小说中的"我"同样来自农村，如今在城里写作，有一天突然接到表兄的电话，被告知大舅

在"我"所在的城市工作，如今生病住院了。在乡
下亲戚的叙述中，"我"是一个经济富裕、有人脉
的作家，实际情况却并非如此，小说主要讲述的，
正是大舅生病后我的心理波动和行动。我记得大舅
以前对我的好，希望能尽个人的力量帮助他，无奈
个人的境况并非十分明朗，因此心里充满矛盾和犹
疑。"我"重视亲情，却又无法承担起相应的责
任。这篇小说之所以命名为《双眼微睁》，也有多
种含义：一是非常实在的描写，指的是我见到受伤
后的大舅时，"他的脸上有一处擦伤，血还残留
着，而他的双眼微睁，似乎是睡觉时的习惯。他肯
定是想睁开眼来的"①。二是对应于"我"的心理
状况。面对受伤的大舅，我爱莫能助；面对生活，

---

① 陈再见：《双眼微睁》，《长城》，2012年第5期。

"我"虽尽力而为，努力改变，但又不能全然主宰生活，也需要妥协，甚至是被动地适应。在小说的结尾，大舅顺利地拿到了补偿，又因为城里的医药费太贵而由"我"表兄安排回到县里治疗。这是一个尚算如意的结局，但"我"的心情是灰暗的，带有苦涩的意味。这篇小说并没有将人物的苦难推向极端，而是保持一个开放的结局。这既能看到陈再见不走极端的写作追求，也能看出他平和的心性。

《侵占》也值得注意。这篇小说的用意不在社会批判，而是重视写世情。小说中写到一个名叫老章的人物，他在老家粤东算得上是一个文化名人，在文化馆以写戏为业。因为儿子在深圳工作、生活，老章和他的老伴也过起了大城市的生活。老章在粤东一直生活得不错，自我感觉良好，入城后的生活也差强人意。只是因为儿媳的父母来访，要在家里住上一段时间，老章开始觉得个人在家庭的主人地位受到侵占而不开心。其中有一个情节尤为巧妙：在遇到一些人推销伪劣产品时，老章本有识别能力，知道眼前的一切都是假的。然而，他们那虚假的热情让老章觉得很受用，因此，他心甘情愿地上当受骗："是被骗了，肯定被骗了。老章没说话，他觉得自己和他们不一样，他们可以说是被骗了，可他不算，至于为什么，老章也不知道自己怎么会有这么奇怪的想法。他走在回家的路上，阳光很好，花草很好，汽车很好，路人也很好，他心情愉悦，竟然哼起了潮剧《赵少卿》许云波的唱腔，走回了香格里拉小区。"小说社会批判的色彩并不强烈，通过对人物心理的起承转合的出色描绘，也显得别有魅力。

三

　　陈再见还可以视为是先锋小说的传承者。许多如今仍然坚持严肃的文学探索的青年作家，大多受到过余华、苏童、格非等先锋作家的影响。正是昔日的先锋写作，为这些青年作家提供了写作技巧上的参照，让他们得以迅速地完成诗学或叙事艺术上的积累，从而能够多样地、自如地和现实短兵相接，进行个人化的写作风格的建构。这种传承关系，在陈再见的身上也存在。他的《喜欢抹脸的人》《妹妹》《大军河》《上帝的弃儿》等作品均能看出这一点。

　　在《喜欢抹脸的人》中，陈再见有意以轻盈的笔触探询存在之谜。小说写的是一个无所事事、没有固定职业的闲人，写到了他喜欢抹脸这一无意识的动作，也写到他参与了一次意外的抢劫。这篇小说的情节完整，人物行事的逻辑却是断裂的，因此一切都变得无比荒诞。这篇小说在观念上能够看出存在主义哲学的影响，对虚无、宿命的主题的重述则跟往昔的先锋小说非常接近。

《妹妹》也可以放在这一视野下进行考察。小说的主人公名叫林果，他生性敏感，有些忧郁的气质。他出生于乡村，成年后入城打工。这个敏感而忧郁的青年一直在记忆与现实之间踟蹰。这篇小说之所以被命名为《妹妹》，跟林果的以下遭遇有直接关系：他母亲曾经怀过一个孩子，也就是林果的妹妹，这个妹妹出生没多久就夭折了。母亲后来却对她念念不忘，时常对林果讲起，给林果烙下了很深的记忆。林果成年后仍然一再想起这个早已经不存在的妹妹，结婚后也因此对生育怀有恐惧。他的妻子后来还经历了一次早产，跟他的妹妹一样，他的孩子早早就夭折。这篇小说延续了昔日的先锋小说家所关注的宿命主题：命运既不可知，也无从把握，尤其是当厄运降临时，就只能被动地承受，而无力回避或改变。

陈再见在此展现出苏童式的细腻而独异的想象力，以及余华式的冷酷。小说中写道，林果的女儿死亡后，林果将死婴放在一个购物袋里，想着为它寻找一个合适的去处。"他感觉出购物袋渐渐沉沉了起来，那是一种肉体的沉——提一个肉体和提一块石头有着明显的区别。尽管林果的手没接触到肉体，可他仿佛也能通过购物袋感觉到肉体的圆滑。他害怕了。此刻他提着的是一个尸体，一个已经死了的或者将死的女婴。而他是这个女婴的父亲，骨肉相连，血脉相依。他提着自己的骨肉，在寻找一块可以遗弃的地方。他的心什么时候变得这么狠，这么的硬邦邦。他恨不得快点和购物袋里的肉体脱离关系，他好重新回到正常的生活轨迹里来，继续打工，过日子。"这段描写非常细致，颇有冲击力，又显得阴森，就好像余华和苏童在此合体了。

如果只是传承先锋小说的叙事艺术和主题，小说的意义终归是有限的。好在这篇小说在另外的层面能有所推进，有所创造：以往的先锋小说有非常浓重的观念预设的痕迹，观念也跟现实多有隔膜，陈再见则曾试图让这种相对空灵的观念找到现实的根源，让小说的写作足够及物，贴近现实。虽然小说中没有用很多的篇幅去写林果的打工生活，但是这篇作品相当到位地写出了林果作为新生代农民工在城市里生活的艰难，尤其是当厄运降临时，他是如何的难以承受。这种虚与实的结合能力，是超过

他的文学前辈的。这种能力，在《上帝的弃儿》中
则得到了进一步的彰显。

四

在具体的写法上，陈再见的小说也有其特点。
他很注重处理我们这个时代的经验与现实，也有自
己的方法，那就是以人物和故事作为中心。他所采
取的，其实是小说最为常规的写法。他非常注重人
物形象的塑造。他的作品，有的时候就是以人物的
名字或身份来直接命名，比如《哥哥》《妹妹》
《藏刀人》《张小年的江湖》《阿道的发室》，等
等。这些作品之所以受到关注，很重要的一方面，
就是因为这些人物的塑造。

陈再见笔下有的人物，是只要读过一遍小说就

能记住的。张小年这个少年的形象，显得灵动鲜活。之所以如此，则跟陈再见善于写人物的心理有关系。他非常善于写他们在遭遇不同的现实时心理的细微变化。陈再见笔下的人物，既有独特的个性，又有时代的共性。他有一篇小说叫《微尘》，以第一人称来展开。小说中的叙述者"我"（成苇）是一个尚无名气的写作者，在深圳的城中村生活。小说的前半部分主要是讲述他还有从事废品收购的朋友罗一枪，两人落拓无比又不乏细小乐趣的生活。在叙述的中途，则转而书写成苇因父亲病故而回乡参加操持葬礼的经历。在回顾父亲患病的细节时，陈再见所用的是一种略带哀伤的笔墨。在这克制的情绪中，父亲等乡下人那种卑微的生存状况依然是骇人的。当成苇等农村出身的新一代青年在进入城市后重返农村时也难免会悲哀地发现，个人的困境是如此巨大。他们在城市里大多属于仅能解决温饱的"蚁族"，却被乡村百姓误以为是成功人士，因而对他们寄予厚望。当他们回到乡村世界时，却发现自己根本没有能力承受巨大的责任，甚至没有能力为亲人安排一场体面的葬礼。成苇的遭遇，其实也是新一代的农村青年的遭遇，这是一个能引起读者共鸣的人物。

陈再见的小说，大多有比较完整的故事情节，哪怕是写作短篇，他也会注意故事的完整性。他非常讲究故事的起承转合，讲究留白，讲究设置悬念，这就使得他笔下的故事颇有吸引力，《藏刀人》与《瓜果》等可视为其中的代表。他有的作品，比如《钓鱼岛》《喜欢抹脸的人》《胡须》，等等，也会注重形式实践，或者是想要表达说不清、道不明的意味，但这些尝试并不是特别成功，意义也有限。其实塑造人物形象，讲好一个故事，对于一个小说家来讲，是非常重要的天赋，也是不可多得的能力。一部小说最后真正要被人记住，最重要的一条考量标准，就是看能不能塑造一些甚至只是一个能够在文学史上留得下来的人物。在我看来，陈再见不应舍弃这种能力，相反，应继续往这方面努力。以故事来结构观念，这看似平常，实则是小说的常道，也是小说的大道。

不管是写乡土中国也好，还是写城市中国也好，抑或是重视形式探索和观念探索的作品也好，陈再见笔下的人物大多有共同特点：他们是这个时代的边缘人或底层人。他一方面对底层有同情，又带有一定的反思。中国文学其实一直有同情弱者的传统，从同情弱者的立场出发，很多作家则会认为弱者天然就代表着道义，代表着正确的一方，陈再见的小说却并非如此。对于底层的生活，陈再见是非常熟悉的，所以他会不断地将这种生活经验转化为小说。在这个转化的过程当中，则有一个知识分子的视角。他有关注底层的热情，但又有知识分子的审慎。切身的体验，让他真正懂得乡土中国和城市中国内部的真相；他洞悉社会转型中所出现的诸多不义与不公，却从不以峻急的、控诉的语调发声，相反，他相信沉默也是一种力量，更信赖内敛的、隐忍的表达，力求以事实说话。我们可以这样理解他的叙事美学：有如深河，表面平静，实则暗流涌动。这些品质，亦有助于他走向更开阔的境界。

自觉地书写乡土中国与城市中国，让陈再见的文学世界一开始就有较大的局，稍嫌遗憾的是，他在文学探索上显得略为保守。他多是写他非常熟悉非常有把握的那一部分经验，随着创作历程的进一步展开，这种写法所导致的同质化的危险是可以预见的。为了克服这一点，陈再见需要扩展个人的经验和视野，将目光转向更广大的人群，凝视那更为多元的人生。如此，他的文学世界，将会有另一番气象。

从伊甸园到尘世

——徐东小说论

在阅读徐东的小说集《藏·世界》，尤其是在阅读中回忆起生活中的徐东时，我脑海中一再出现的，是《圣经》中那个著名的伊甸园神话，以及亚当的形象。

《旧约》中在讲到上帝创造天地后，紧接着就谈到他创造"有灵的活人"亚当，后来又在东方的伊甸造了一个园子来安置亚当。上帝还创造了各种树，树上结的果子有的可以吃，有的可以悦人耳目。上帝允许亚当随意吃树上的果子——唯独那可分别善恶的树的果子除外。考虑到亚当独居是不好的，上帝又在亚当熟睡时从他身上取了一根肋骨来造了夏娃。夏娃呢，却因为听从了蛇的引诱，和亚当一起偷吃了禁果。上帝因此勃然大怒，将亚当与夏娃逐出了伊甸园。

这个故事里的亚当，纯真，朴素，无机心。不管是读徐东的小说还是在生活中跟他打交道，都觉得他身上有种亚当式的本真。他也希望一直保持他的本真或本色，但对于一个活在尘世中的人来说，这无疑太难了。好在他会写作，也好在他去过西藏。对于徐东来说，西藏一度是他的伊甸园，正如他所回忆的："十年前，我在西藏的时光，几乎每天都能看到一座座褐色的大山，大山上湛蓝的天空，天空中洁白的云彩，山下青青的草场和白色的村庄，我在看着那些美妙的风景时，也在漫无边际地想一些事情，又或者什么也不想，让身心融入那些风景中，像一棵树一样静静生长。"①这是一段诗意而美妙的时光，乐园中的生活令人神往；离开西藏，则有如离开伊甸园而走向尘世，这是一段受苦之旅："离开西藏的十年来，我去西安、北京、杭州、武汉、深圳等地学习、工作、生活，接触了不同地方的形形色色的人，也经历了许多事。以我在西藏生活过的，看过蓝天白云与雄伟的褐色群山的眼光，和相对纯净简单的心去看，去感受一些人和事时，我感受到自己的不合群与不合时宜。因为孤

---

① 徐东：《藏·世界》自序，上海人民出版社，2012年。

独，因为渴望爱着一切，我想借助于小说来虚构另一个世界。"①

正如他的生活一样，徐东的写作，也经历了从伊甸园到尘世的转折。他对西藏世界的虚构和想象，是一次试图重返伊甸园的精神之旅；对深圳及当下生活的书写，则是尝试直视尘世的种种困厄。

这里不妨从重返伊甸园的想象之旅说起，我们仍旧回到《藏·世界》。

这本集子中，最有名的篇目，莫过于《欧珠的远方》。"在冈仁波齐的南面是纳木那尼，两座雪峰之间是玛旁雍措和拉昂措。神山与圣湖给天空一种混沌的力量，欧珠出生在这片天地间。比起雪山和圣湖，人显得十分渺小，欧珠感觉到了这一点，

---

① 徐东：《藏·世界》自序，上海人民出版社，2012年。

因此什么活儿也不想做，只想闲着度时光。"①这是小说的开头——它一开始就暗示了这不是一篇通常意义上的现实主义的小说，而是带有玄思的性质，同时带有童话的意味。接下来我们可以看到，欧珠是一个活在理想中的人物，他不认可世俗的生活逻辑，向往远方。远方代表着理想，也代表着另一种可能，另一种生活。对于欧珠来说，远方是一个可能世界，并且是美好的可能世界。也可以说，远方就是欧珠的伊甸园。对于欧珠来说，诗性想象则是一种独特而"实在"的存在方式，他从中得到很多快乐，也为此感到满足。"欧珠在自己的世界里想象一切，一切便在他的世界里飞翔，这种飞翔

---

① 徐东：《藏·世界》，上海人民出版社，2012年，第2页。

在暗处。"①他有时候也喜欢倾听，"他从别人的嘴里听到新鲜的地方，新鲜的事儿，他便觉着自己去过了，经历过了……他们在说话的时候，欧珠几乎也从来不插嘴，他只是静静地听他们说外面的新鲜事儿。世界就好像在他们的话语和欧珠的想象中活生生地存在了"②。

从这些细节可以看出，欧珠是一个想象力特别发达的人物，也有着异于常人的思维方式。小说中还写到欧珠有一天看到了他妻子梅朵与次仁偷情，次仁和梅朵都以为欧珠会为此而生气，欧珠却对此感到超然。他说："叫欧珠的我是有些生气，可是远处的欧珠没有生气，该发生的事情谁又能阻止

---

① 徐东：《藏·世界》，上海人民出版社，2012年，第4页。

② 徐东：《藏·世界》，上海人民出版社，2012年，第4页。

呢？想一想我的妻子梅朵她喜欢你，我又能生什么气呢？"①他的所思，所行，让人隐约想起圣埃克絮佩里笔下的小王子——他们都能以本真的孩子般的眼光来透视成人世界的空虚、盲目，还有教条。徐东曾经说过："我希望有一天，读者能通过小说，来认识和理解我，来重新认识和理解自己，以及所有人和我们的现实世界。我相信，除了现实世界之外，每个人都有一个精神世界。我相信，每个人都可以从远方开始，换一种眼光，换一种心境去看待和理解一切。"②《欧珠的远方》正是这样一种想象与实践，欧珠的所思与所行，其实寄寓着他个人的生活理想。这种想法质朴，天真，如果放在

---

① 徐东：《藏·世界》，上海人民出版社，2012年，第9页。

② 徐东：《藏·世界》自序，上海人民出版社，2012年。

世俗社会里，会显得非常不合时宜，然而放置在西藏这个空间里，却显得合情合理。

《格列的天空》的主人公名字叫格列，实际上跟欧珠是同一类人物——他们都热爱想象。这篇小说同时也写到欧珠，不同于欧珠的是，格列的理想是想画一幅画，通过画画的形式来画出他所想象的天空。于是他开始学习画画，他有天赋，最终他的技艺甚至超过了他的师父。然而，他无法画出他心中所想画的，也无法画出欧珠的远方。在天地之间，在雪山和流云之间，他越发觉得自己渺小。小说中有很多诗意灵动的语句和想象都是无法转述的。就主题而论，它更多的是在暗示理想的境界难以实现，难以抵达。我们也可以说，它是在以小说的方式感叹艺术创造之难。

《罗布的风景》也适合与《欧珠的远方》《格

列的天空》放在一起阅读。罗布是一个三十多岁的
单身汉，"不过他的心却还是少年的心，正在抽芽
长绿叶"①。这也是一个思维方式异于常人的人。
罗布爱上了多吉的妻子拉姆，本来有机会跟拉姆获
得肉体方面的欢愉，他却让这种爱仅维系于精神层
面。他有纯真之心，也有纯真之眼，他所看到的世
界也跟一般人不同。他能看到属于他的独特的生命
风景，在他的理解中，人跟万物也是一种平等的关
系，人不是自然的主人，也不是万物的主人。当别
人笑话他的智商，说他跟驴一样笨时，他并不感到
生气。他甚至喜欢驴，在赞美拉姆时也将她比喻为
驴。小说后半部分还写道，拉姆有一个情人——生
意人次仁。他请了罗布帮他运青稞和砖茶，却试图

---

① 徐东：《藏·世界》，上海人民出版社，2012年，第22页。

在途中将罗布杀害，拉姆对此感到不忍，也为次仁的残酷而震惊。拉姆救了罗布，次仁却在慌忙中陷入了沼泽。

这三篇小说都是开放性的结局，我们并不知道，最后他们的命运将会是怎么样的。然而，我们可以感受到，作者对这些人物的爱。他们的思维方式都异于常人，属于难以被多数人所理解的异类，他们有属于他们的对爱、自由和理想的理解。他们的生活逻辑使得他们并不适合尘世。这是一些天真未琢的人，他们的思维方式，更接近于亚当。

爱情也是《藏·世界》的一个重要主题，徐东在里面写了各种各样的爱情。《赛马的彩注》就是其一。小说中的昂仁是一个小个子，爱上了漂亮的龙娜泽。由于龙娜泽的父亲决定在赛马节那天把龙娜泽当作赛马的彩注许配给赛马场最优秀的骑手，本来不善于骑马的昂仁也决意参加赛马。在赢得比赛的时候，昂仁却发现，龙娜泽失踪了。这些情节，在小说中并不显得离奇，值得注意的是后面的情节：直到三年后，龙娜泽才抱着三岁大的孩子回到家里，在一个月后嫁给了昂仁。"昂仁实在是太爱龙娜泽了，因此也没打算问龙娜泽跟着的那个男人究竟是什么人，他只知道有一个男人给了龙娜泽当时想要的爱情，不知为什么又离开了他。"①这是小说的最后一段，也可以视为小说的题旨。对于徐东来说，他所看重的，也正是这种非常规的爱。徐东试图探索另一种生活，探索另一种可能，而不一样的爱情观，也是他探索的范畴。

要谈徐东小说中的爱情题材，《拉姆的歌声》

---

① 徐东：《藏·世界》，上海人民出版社，2012年，第140页。

也是一个不能忽略的文本。《拉姆的歌声》中的拉姆和《罗布的风景》中的那个拉姆一样，善于唱歌。《拉姆的歌声》先是从一个叫达娃的人写起，达娃长得英俊、帅气，有许多女人喜欢他，达娃也喜欢这些女人，乐于享受她们所带来的欢愉。可是达娃又不为此感到满足。他觉得自己最爱的，是那个没有见过面的会唱歌的拉姆。拉姆对待情爱的态度，其实也跟达娃相似，遇到她喜欢的男人，她并不拒绝，不管是肉身还是精神上都不拒绝。他们都觉得这是自然而然的事情。而拉姆在得知达娃在寻找她之后，也期待跟达娃见面，"两个有情人相互寻找，就好像上天给他们制造了障碍，总之也不知过了多少年，他们两个没能见上面"①。这种相互

---

① 徐东：《藏·世界》，上海人民出版社，2012年，第40页。

寻找而无法相遇的境况，直到他们很老了的时候才打破。晚年的见面却并没有让他们失望，而是在这种确证中感到踏实。这种情节上的安排，还有小说所使用的语言，都带有明显的寓言性质，也有童话的气息。

在徐东的西藏系列小说中，爱情也并不一味是以纯真的形式出现，并非只是有童话的美好气息。在《河流的方向》中，他也写了因爱情而引发的罪与罚。这篇小说的主角是少年人，其中有一个叫贡布达娃，他的父亲索罗旺堆因遭受意外后成了残疾人，脾气也变得暴躁。索罗旺堆的妻子因忍受不了他的脾气而出走，这之后，索罗旺堆又娶了一个瞎了一只眼睛的女人。这女人和之前的男人生有一女，叫梅卓央金。关于这个家庭有不少流言，实际上这个家庭也有很多不和谐的因素，比如说，瞎眼女人不知道因为什么用石头砸了索罗旺堆，索罗旺堆没有死，却反而将她打死了，他随之而来的命运则是被判刑入狱，一年后又被枪毙。这时候，这个家庭就剩下贡布达娃和梅卓央金。贡布达娃喜欢这个并没有血缘关系的妹妹，一个叫才让的青年也喜欢她，并因此和贡布达娃决斗，最后被贡布达娃杀死。小说中用了很多篇幅来描写才让被杀后贡布达娃和梅卓央金的心理感受。这两个活着的人都在承受着罪与罚。这当中有不少精彩之笔，比如以下这段："一个死去了，一个还活着。梅卓央金觉得自己的灵魂分成了三份，一份属于死去的才让，一份属于贡布达娃，还有一份属于自己。三份灵魂合成一个灵魂，相互碰撞，梅卓央金在行走的时候感到有什么在心里叮当作响。"①他们的逃亡生涯过得并不安宁，尤其是对于贡布达娃来说，直到被警察抓住，他心头的重负才逐渐卸下。徐东在这篇小说中并没有直接写暴力的场面，语言也同样克制，却也较好地写出了人物内心的黑暗与挣扎。

对自由的渴望，对爱情的赞颂，可以说是徐东的西藏系列小说的两大主题。此外，《净土》《转山》等篇章，也试图关注西藏独特的文化特质。而不管是何种题材，徐东的这些作品都有一个共同特点：重视诗性认识的作用。

徐东曾这样谈到诗性对小说的意义："小说中的诗性，是小说升华的部分，能够让人感受到纯粹或美好之类的东西，能让人产生共鸣。而诗性也是

① 徐东：《藏·世界》，上海人民出版社，2012年，第152页。

一篇小说具有创造性，具有生命力的体现。"①诗性语言和诗性思维的运用，对徐东来说，是自觉的方法论，也是有意为之的选择。徐东的这种诗性的运思方式和诗性语言，与西藏这一叙事空间也是契合的。正如沈卫荣所指出的："由于西藏在地理和文化上举世无双的独特性，它给西藏以外的世界提供了无边无际、无穷无尽的想象和设计空间。长期以来，东、西方不同的民族在不同的时间阶段内，凭借其各自天才的想象力，设计和创造出了一个又一个五花八门、匪夷所思的西藏形象……不管是东方，还是西方，今天的西藏则已普遍成为一个人们热切向往的地方，它是一个净治众生心灵之烦恼、

---

① 徐东：《写作，一定要有自信》，《北方文学》，2015年第8期。

疗养有情精神之创伤的圣地。在这人间最后一块净
土，人们可以寄托自己越来越脆弱的心灵和所有愿
望。"①

西藏的这种形象无疑是契合徐东的天性的，因
此，当他将心中的诗性的、美好的一切安置在西藏
当中时，他的所思所想也颇有感染力。这些作品，
也经得起重读。不过，过于依赖诗性认识来推动小
说创作，也可能会造成一种限制。按照马利坦的说
法，诗性认识"不是一种理性的认识，即通过概念
的、逻辑的、推论的理智的运用的认识"。② 这种

---

① 沈卫荣：《"想象西藏"之反思》，《读书》，2015年第
11期。

② 【法】马利坦：《艺术与诗中的创造性直觉》，生活·读
书·新知三联书店，1991年，第96页。

认识方式过于依赖直觉和灵感，很可能会使得作家的创作难以为继。另外，诗性认识的传达有赖于诗性语言，而诗性语言往往是跳跃的，带有模糊性，难以转述。过于依赖诗性认识的方式，也可能会限制一个作家想法的深化和传播。

在写作西藏系列的小说之外，徐东也写作城市题材的小说。他的长篇小说《我们》写的是李更、赵涌等青年人如何在深圳获得一席之地的经历。在《为陌生女子送花的男人》这一短篇里，徐东则借助为陌生女子送花的男人这个人物形象，试图重申一种对待爱情的真挚精神。读之也容易领会徐东的用意，他希望这个时代的爱情不只是由物质来构造的。小说中那个为陌生女子送花的男人所向往的，正是我们这个时代所需要的但又匮乏的。

对于小说创作而言，徐东有他的自觉追求：

"这个复杂的世界，需要有简单的精神指向，这更有利于我们认识事物的本源。""在我看来，好的小说应该简单得像石头，纯净得像水滴，洁白得像绵羊。"①"简单的精神指向"，或可理解为小说家心中那不变的、永恒的"道"。这种追求使得徐东的小说具备一种洁净的、透明的精神质地，就像贺绍俊所指出的："徐东选择了一条显得比较冷僻的小径，他把小说当成对抗现代化痼疾的武器。现代化造成了人们的精神匮乏，他感觉到世俗与欲望吞噬人类精神的恐怖程度，因此要把小说从世俗层面分离出来，这就构成了他小说中的精神

---

① 徐东：《写作，一定要有自信》，《北方文学》，2015年第8期。

纯洁。"①在这个时代，有着这样一种赤子之心和清洁精神的写作，无疑是值得肯定和关注的。也正是这种追求和精神质地，成就了他的西藏系列小说——他为自己的理想找到了一个绝好的心灵空间。然而，当徐东持着简单的精神指向进行城市文学的创作时，也会遇到一些限度。因为城市是一个复杂的所在，而徐东又经常将之视为一个恶托邦，这使得他对城市的观察和认识显得略为表面。他似乎不是特别愿意理解现代城市本身是如何运作的，虽然他现在也住在城市里，但他并不懂得到底是什么塑造了城市之子的心与面容。如果想要在写作上获得更大的突破，徐东也许得做一些调整，比如寻

---

① 这是贺绍俊为徐东的长篇小说《我们》所写的封底推荐语，《我们》由花城出版社2014年出版。

找合适于他心性的题材，或是根据题材本身来尝试新的写法。

故乡：出走与回归

——厚圃小说论

　　这两年因为做城市文学研究的缘故，读了不少深圳青年作家的作品。深圳是一座新城市，它的文学也是年轻的，未必很成熟，却随处可见生机，也有它的一些特质。尤其是以比较的眼光来看，其特质尤为鲜明。对于北京、南京、西安这样的老城市来说，时间是比空间更为值得注意的因素，或者说，其空间是高度时间化的。北京、南京等老城市的魅力通常来自时间的积淀，而围绕着这些城市而写就的作品也往往是从时间或历史的角度入手，形成独特的叙事美学。举个例子，王德威在为葛亮的长篇小说《朱雀》写序时，便是首先对南京的历史作一番追溯，在历史的视野中发掘并确认《朱雀》的魅力："在古老的南京和青春的南京之间，在历史忧伤和传奇想象之间，葛亮寻寻觅觅，写下属于他这一世代的南京叙事。"①邱华栋在回顾个人在北京生活的二十余年经历时，他谈到北京在现代城市改造中所发生的变化，看到了"老北京正在迅速消失，而一座叫做国际化大都市的北京正在崛

---

① 王德威：《归来未见朱雀航》，引自葛亮：《朱雀》，II页，作家出版社，2010年。

起"。然而，他并不认为老北京就此失魂落魄，"老灵魂"存在，"主要是存在于这座城市的气蕴中。这是一座都城，有几千年的历史，纵使那些建筑都颓败了，消失了，但一种无形的东西仍旧存在着。比如那些门墩，比如一些四合院，比如几千棵百年以上的古树，比如从天坛到钟鼓楼的中轴线上的旧皇宫及祈天赐福之地，比如颐和园的皇家园林和圆明园的残石败碑。我无法描述出这种东西，这种可以称之为北京的气质与性格的东西。但它是存在的，那就是它的积淀与风格，它的胸怀，它的沉稳与庄严，它的保守和自大，它的开阔与颓败中的新生"①。金宇澄在其备受关注的《繁花》中，也

① 邱华栋：《城市的灵魂与虚拟的城市》，《民治·新城市文学》，2015年第1期。

正是从类似的一衣一饭等细部入手，来重构"老上海"的多重面孔。

大概是因为以往的城市发展大多经过漫长的时间积累，从时间入手书写城市往往具有方法论上的普适性。张定浩最近在一篇尝试对"城市小说"进行重新定义的文章中所给出的第一条定义便是认为"城市小说是那些我们在阅读时不觉其为城市小说但随着时间流逝慢慢转化为城市记忆的小说"。他从接受美学的角度入手，认为城市小说所提供的阅读经验和城市居民的生活经验是一致的，"唯有游客和异乡人，才迫不及待地通过醒目的商业地标和强烈的文化冲突感知城市的存在，对那些长久定居于此的人来说，城市在一些不足为人道的细枝末节里"①。然而，我也注意到，这些原则对于深圳这样的新城市来说，几乎是失效的。作为在改革开放三十多年中迅速崛起的新城市，深圳缺乏深厚的历史底蕴。它是一座快速成型的城市，给人的感觉，正如一部按了快进键的电影。它所经历的时间过于短暂，几乎是无历史感的，也是无时间的。它只有今生，而没有前世。因着历史感的缺失，空间的效应则更为突出。深圳作为一座城市的魅力，不是源自时间而是源自空间，尤其是具有童话色彩、理想色彩的公共空间。同样是跟深圳这座城市的形成方式有关，邓一光、吴君、蔡东、陈再见等作家在书写深圳这座城市时都会突出其空间因素。这些作

---

① 张定浩：《关于"城市小说"的札记》，《上海文化》，2014年第11期。

家，都可以说是深圳城市文学的自觉建构者，当然他们的写作的意义并不一定局限于此，也很难用城市文学的框架来完全限定。相比之下，厚圃的小说虽然也有不少是跟深圳有关的，但是他更愿意与读者分享的，是他关于故乡和童年的记忆。这是一位从故乡出发，有其写作地标的青年作家。

厚圃原名陈宇，生于二十世纪七十年代，是广东澄海人，著有长篇小说《结发》《清水谣》与小说集《只有死鱼才顺流而下》等，先后获台湾"联合文学"奖、广东省小说奖、广东省青年文学奖等奖项。在《只有死鱼才顺流而下》中，《成人礼》是开篇之作。它取的是童年视角，叙事空间则主要是一家剃头铺。小说从"我"到剃头铺理发的经历写起，一方面写"我"与理发店美丽的老板娘相遇时性意识的觉醒和渴望长大的心理，另一方面则借助"我"的双眼来写成人世界中的欺诈，写乡村世界中权力的横行，以及由此造成的不平等。小说的篇幅并不长，但是对儿童心理的刻画颇为生动，对理发店老板老杜、阿娟和镇长三人之间关系的呈现也颇见功力。在对乡村世界的权力关系的展现和人物形象的塑造中，厚圃也没有将人物脸谱化，而是着意写出人的多面与复杂。比如说小说中的镇长，小说既注意表现他因手握着权力而时常张牙舞爪的一面，又写出他曾经当过兵而看轻生死，颇具勇者之气；他重义，又不乏狡诈。在叙述视角的设计上，《成人礼》也颇具匠心——所采用的是回忆性的儿童视角，借此既呈现当年的记忆，又对这记忆中所发生的一切有所反思。

《橱窗里的女人》所写的，也可以说是另一种意义上的成人礼。小说的主人公叫小武，同样是一个少年。他的父亲吕光明原本也是乡里人，后因村里的同龄人纷纷外出打工且发达了而被逼进城，干起了替人追债的工作——这是厚圃多篇小说中几个人物的共同职业。吕光明并没有发大财，却因为和乡下的妻子疏远了等原因而有了另外的感情。小说开头部分是从小武到城里找吕光明却正好碰上父亲与莫慧兰偷情写起，顺叙中穿插着这个家庭的过往种种。这篇小说写到婚外情，却没有很鲜明的道德训诫的味道。不单吕光明出轨了，他的妻子赵芳草也在痛苦中与小武的老师走到了这一步。更痛苦的则是小武，在这个分崩离析的家庭里，他所受的伤害其实是最大的，因为他年纪小，没有能力对抗，也没有能力救人与自救，可以说是最无助的。在这个家庭的生活中，我们可以看到一个时代的变化，以及由此而带来的人心的微妙变化。和《成人礼》

一样，《橱窗里的女人》很讲究写出生活本身的复杂和人物的多面性。不管是吕光明还是莫慧兰，不管是赵芳草还是小武，都不是符号化的。和《成人礼》相比，这篇小说的笔力更为厚重，更为有力，往往是三两笔便能将人物及其遭遇写得生动传神。比如小说中写到赵芳草在发现吕光明有外遇后，她的反应是这样的："赵芳草的眼里聚起灼人的光亮，光亮的深处是无尽的绝望……从城里回来后，赵芳草一个劲儿地掉肉，双颊凹得更厉害，眼睛显得格外的大，大得空洞，大得荒凉，大得冷漠，好像世间万物转瞬即逝，与她毫无关联。"[1]另外，因是从少年视角入手，小说中很多事情看起

---

[1] 厚圃：《只有死鱼才顺流而下》，百花文艺出版社，2011年，第139页。

来都有一种陌生化的效果。尤其是小武在城里遭到冷遇后，看到橱窗里的模特而想起他的母亲时的种种。当吕光明和赵芳草闹离婚而都不愿意要小武的时候，这也正是小武最为难过的时刻，他选择了出走，在奔跑中能够感到慰藉的既不是母亲也不是父亲，而是那个无生命的无声的塑料模特："小武对着河水怔了一下，看着它悄无声息地流淌，然后又跑起来，猛地发力以骇人的速度顺着它们的流向奔跑，他觉得自己就像要挣脱一切，又像要奔向某种东西。中途他绊倒了好几回，又爬起来继续跑。跑着跑着，四周寂无人影，只有耳边风声呼呼。他的脑子里逐渐明净起来，光亮起来，就像那一夜守护着他、给他温暖的那个橱窗，他仿佛看见那些婀娜多姿的模特们走动起来，面带笑容，特别是那个像极了赵芳草的女人，正笑盈盈地朝他招手，随时以母亲的姿态将他拥入怀里。"①这是小说中非常精彩的一笔。

《我的小弗郎士》同样是以回忆的视角写少年时光，与都德的《最后一课》形成互文关系。《最后一课》写于普法战争期间，1870年7月，法国首先向普鲁士宣战，后法军大败，普鲁士军队长驱直入，占领了法国的阿尔萨斯、洛林等地。《最后一课》取材于阿尔萨斯沦陷后一个小学校被迫改学德文的事件，通过描写最后一堂法文课的情景，刻画了小弗郎士和法语教师韩麦尔先生的形象，也折射了战乱时国民的觉醒。《我的小弗郎士》所写的对象则叫陈开胜，在同学眼中是一个多余的人，平时

---

① 厚圃：《只有死鱼才顺流而下》，百花文艺出版社，2011年，第151页。

不爱说话也很少有人愿意和他说话。在课堂上，陈开胜也显得不够上进而受到语文老师的嘲笑——他曾以"我的小弗朗士，是不是要等到国家沦陷你才会喜欢上我的语文课"来调侃陈开胜，陈开胜也因此多了一个绰号。这篇小说与《最后一课》有互文性，却没有后者的微言大义，而更多是关于童年生活既苦涩又快乐的回忆。小说中过去与现在的叠加同样处理得颇为巧妙，尤其是文章结尾处写到陈开胜已不在人世。对于陈开胜的死，小说里提供了两种解释：一是他到外乡看朋友时因偷摘路边的荔枝而被当地农民打死，二是他被仇敌暗算而死去。这里面没有关于社会历史的宏大叙事，而生命的无常同样令人唏嘘、感慨。

厚圃的乡土世界里，也并非只是记录和想象少年们的心事。潮汕平原上樟林镇的风物、风俗、人情，同样在他的书写之列。正如杨宏海所指出的：
"每个人都有自己曾经生活过的地方，但并非人人
都有自己的'故园'。这个'精神性'的词汇里凝
结了弥足珍贵的失去和无从寻回的气息。厚圃却有
这样的一个真正的'故园'。浓郁的故乡情感和潮
汕独有的生活体验成了他小说的灵感源泉，并最终
成为他对人性之本来意义思考的载体。而这种看似
有时间和空间距离的回望让他把乡村平凡的生活看
得更加通透明澈，因此也就更加韵味绵长。"[1]厚
圃受惠于他的故乡，他的故乡也得益于他的文字。
在《清水谣》《结发》《拦臂街上无秘密》《拖
神》《祖母》等作品中，厚圃都用了不少篇幅写故

---

[1] 杨宏海：《结发》序，引自厚圃：《结发》，中国社会出
版社，2009年，第1页。

乡的风物、风俗与人情。在这些作品中，地方性知识与人的喜怒哀乐有机地融合为一个元气淋漓的生活世界。尤其是《拖神》，显得颇为独特——它有一种历史的景深。小说在开篇用了不少笔墨来追溯樟林古镇的由来，对于樟林镇人的信仰也有较为详细的讲述，而作者的最终用意仍在写人。丁年安对蔡寡妇的用情至深，陈校长、老庙祝在国难面前的刚烈，读来都令人印象深刻。

厚圃善于写器物与风物，能捕捉到乡土世界那些浮游着的气息，他更善于写人，尤其是擅长写女性。《喜娇》是一种紧贴大地的写作，其中的喜娇从小就遭受各种磨难，却有一种野草般的坚韧。这篇小说的氛围和格调，与毕飞宇的《玉米》有异曲同工之妙。《祖母》中病恹恹的祖母时常遭到祖父祠德的欺压，却从未因强弱对比悬殊而放弃抗争，

"祖母即使被打得鼻青脸肿，在外人面前，她依然保持着一种大家闺秀的风度，一种暴风雨后的从容与淡定"①。当祖父去世后，祖母则以其坚韧撑起整个家庭。尤其是在祖母高龄后，她本来渴望死，可是当意识到生之世界仍需要她时，她也会迸发出顽强的生命意志。

厚圃笔下的这些女性，也包括《拖神》中的蔡寡妇，都是有情义之人，却时不我待，往往跌落到污垢与泥泞中，恶劣的环境却成了检验其品性的方式。她们一路跌跌撞撞，碰得焦头烂额，身心俱裂，却依然不失光彩。诸如此类的女性，似乎是厚圃所特别欣赏的。在《我们能否相信爱情》《王秀丽，你别哭》

---

① 厚圃：《只有死鱼才顺流而下》，百花文艺出版社，2011年，第24页。

《前妻》《只有死鱼才顺流而下》等中短篇里，女性的生存空间不再是有传统根脉的故乡小镇，而是自我断裂的现代大都会。比之于乡土世界，大都会中的生活要更为复杂，女性们所要接受的考验也更为艰巨，其行为方式也更为多样。

　　《前妻》的故事和人物并不复杂，主要是写叙述者"我"——他的名字叫方刚——与马莉在读大学时认识，很快就愉快地相恋并结婚。两年后，方刚却生出了一种存在主义式的情绪，无端地想要和马莉离婚。起初，马莉并不理解，半个月后却同意了。方刚将房子和房子里所有的东西都留给了马莉，搬进民房过起了写作生活，马莉则开始经营服装店并与他人再婚。这时候，方刚也有些失落，心情并不好。也正是在这时候，马莉突然上门来与方刚再次相聚。他们开始回忆过往，诉说彼此在离婚期间的感受，其实双方都觉得不开心，都对彼此有难以割舍之感，尤其是马莉。分手后，方刚心里重新对马莉有恋爱时的感觉，希望与马莉重归于好。马莉的反应却开始反转：原来她此次来与方刚重聚，只是受丈夫的鼓励，前来印证一点：想象与现实差异甚大，人会变，相应地，感情也会跟着发生变化。马莉此行也确实印证了这一点，因此，她最终选择愉快地离开，回到丈夫身边去。与厚圃之前的作品相比，《前妻》无疑有更浓郁的现代意味，写出了现代人感情上敏感多变的特点。

就跟题目所显示的一样，《我们能否相信爱情》的主题同样跟爱情有关。小说的叙述者"我"跟有妇之夫李向生认识三年，与他有了感情。不同于《前妻》中人物对待感情的存在主义式的态度，这篇小说里的"我"选择跟李向生在一起有很具体的社会学缘由。"我"原本是一家技校的学生，毕业后来到人才济济的深圳，在求职上一开始就遭遇挫败，失望中选择了到李向生的快餐店做收银员。快餐店虽小，但是同样有等级、有高低之分，顾客曾多次将"我"错认为是老板娘，"我"先是拒绝后来则乐于将错就错。"我"的痛苦在于一方面渴望得到"富足、舒适、稳定的生活"，另一方面则渴望得到真正的爱情并光明正大地建立家庭。这段感情最终带给"我"的，却是失望与痛苦。这无疑是一段灰色的感情，这段感情也将他们的生活引向灰色地带和边缘处境。

厚圃有不少小说都采用第一人称来切入，《只有死鱼才顺流而下》却是以第三人称展开叙事。小说的主人公名叫老寸，原本生活在乡下，为了让妻儿过上更好的生活而到城里打工，先是做粗活儿，后来逐渐做小包工头，其所承包的工地却不幸发生意外。祸不单行的是，他乡下的妻子也在这个时候丢下一纸离婚协议远走高飞。内外交困的老寸在一次讨债后发现自己有这方面的潜能，干脆做起了这方面的生意。小说中还写到他后来受雇调查一次婚外恋，不想案中有案，他本人则是目标对象。跟《我们能否相信爱情》一样，《只有死鱼才顺流而下》同样关注婚外恋的问题，但比之前者可读性更强，因为它的叙事线条更为繁复，情节更为曲折，人物之间的冲突也更为强烈。这两篇作品的可贵之处在于，厚圃都写了边缘人物的边缘处境，却并非是带着猎奇心理，而是尽量理解他们的处境，取的是平视的角度。对于笔下的人物，他既不刻意拔高也不盲目贬低，这种难得的分寸感和适度原则，也为厚圃的写作增添了不少魅力。

虽然厚圃的小说多是关注某一类人群，只写他所熟悉的生活与风景，这些作品所营构的世界却是宽广的，读者亦能从中感知这个时代的气息和变化。厚圃的写作，是一种从故乡出发的写作。在他笔下，很少有纯粹意义上的城市写作，即使是写到城市，他笔下的人物也总是与他们的故乡有各种牵连。故乡是回忆，也是当下；是现实，也是想象。其笔下的人物有出走，也有回归；有故乡，却往往无从扎根。在2015年发表于《钟山》杂志第6期的《万物生》中，厚圃也尝试讲述更为完整的"深圳故事"。小说中写了打工作家的困境，写了底层人对中产生活的向往，也写了失独者内心的种种苦痛。这是他有意求新求变之作。然而，由于打工题材在深圳是热门题材，写这类作品的人颇多，厚圃的书写虽然合乎常规，从中甚至能看出某些打工作家的影子，但是跟有此切身经验甚至是切肤之痛的作家的作品相比，这一部分显得有些平淡，不算十分出彩。虽然如此，这篇小说仍然能够体现厚圃的笔力，以及他试图理解广阔世界和广大人群的用意。再加调整后，相信他的写作会有另一种气象。

情感、教育与时代的精神状况

——俞莉小说论

　　深圳这座移民城市包含了太多新元素，有其独特的发展轨迹，而"新的"从来都是以"旧的"逐渐消亡来换取。在新旧交替的过程中，这座城市创造了许多的奇迹，成为一个迷人的存在。我曾经在网上看到一组照片，拍的是夜雨中的深圳，那时候，摄影师一定是在高处往下俯瞰，有着我们通常所没有的视角。照片里的深圳美得有些不真实，甚至可能让人只是看照片就会忍不住爱上这个城市。当然，对于在深圳有过较长居住时间的人而言，它也许是最好的城市，也是最坏的城市；它让人忍不住爱上，又禁不住想要逃离。他们有切身的经验，熟悉这个城市不同的面影。比如说，"时间就是金钱，效率就是生命"。这是这个城市精神的一部分，迫切的时间意识和效率意识给这个城市带来了飞速发展，同时也让置身其中的人觉得根本停不下来。在崭新的高楼大厦里外，在繁华的街道上，步伐匆匆、不敢轻易停步的深圳人总是随处可见。即使是在梦中，人们似乎也在追赶着什么，也被什么在追赶着。崇尚成功、鼓励竞争，是现代人的重要信条，而在这座城市，这些信条的意义要更为突出。这为这座城市带来了朝气，也使得人们永远难以安于当下，总有更宏大的目标在吸引着人们也折磨着人们。崇尚竞争的深圳人，时常充满活力，可是他们也会一不小心就陷入自我精神的困顿当中。

在阅读俞莉的小说时，上述感受也总是反复出现。在深圳的青年作家中，她的写作量并不算大。她是在深的一位教育工作者，见证并承受着这种精神困顿的出现与日益严重。可能因为工作关系的原因，俞莉善于写也经常写教育题材的小说。教育，可以说是她小说的一个关键词。她以敏锐的触角，捕捉到家长与学生的矛盾，教师与学生的貌合神离，学生与教育体制的抗争。更重要的是，她洞悉了这些人心底的焦虑与无助。

《潮湿的春天》便是一篇反映中国当下教育问题的小说。在里面，俞莉写了一位老教师目睹自己的好学生、得力班干部刘诗诗突如其来的精神变化，这是小说的主线。故事开始于一个寻常的晚修日，"火箭班"的好学生刘诗诗短暂地失踪了，这让她的班主任冯贞屏感到意外也感到焦急。所幸的是，刘诗诗自行出现了，不过她的反常举动并没有就此止息。相反，在往后的时间里，她显得越来越出格：在课堂上她公开声明自己不是好学生，以前的一切都是伪装的；她还公开批评学校的种种制度，号召同学们一起做"真人"，要"活出真的自己来"；她公开与班主任作对，也针对其他老师的教学方式提出质疑，跟同学闹矛盾……而在一连串的叛逆举动后，刘诗诗最终陷入了精神失常的困境。

一个好学生竟然变疯，这样的情节表面看来并不合理，细究的话，却有很多的因由。比如说教育制度造成的对学生个性的压抑，繁重的课业和必须力争上游所形成的压力。俞莉还意识到青少年的精神困顿和失常不单是来自学习压力，同样也来自情感生活。处于青春期的学生对爱情的向往既热烈又羞涩，只可惜被各方压力笼罩着，如得不到正确的疏导，久而久之也会造成精神内伤。在小说中，作者特意引入了由于学习压力过大等原因而引发的两起学生死亡事故，说明刘诗诗所遭遇的一切并非特例。

除了刘诗诗，冯贞屏同样是一个值得注意的人物形象。对于教育，她有发自内心的热爱。如今当一个中学老师并不轻松，小说中提到的问题就有如下这些："日复一日的教学，改不完的试卷，做不完的备课，各式各样的学生，层出不穷的问题，烦人的家长，比不完的升学率……"①冯老师并没有因此产生职业倦怠，相反，她喜欢跟学生在一起，也喜欢教师这个职业。虽然她的资历让她可以完全不必做班主任，但是她乐于担当这份工作。而刘诗诗身上所发生的这一切，不单是她的父母无法接受，就连冯老师也难以接受。小说中写道，她有一天夜里做了一个梦，梦见刘诗诗对她说"冯老师救我"。这也让她陷入了某种困境，以至于失眠。在每所中小学里面，升学的压力无所不在，老师们也同样承受着巨大的压力，甚至丝毫不亚于学生。冯老师并不惧怕这种压力，却因为看到学生陷入困境而无法给予相应的救助而感到无比焦虑。而随着年

---

① 俞莉：《潮湿的春天》，《北京文学·中篇小说月报》，2015年第6期。

龄的增长，她开始发现自己无法把握的事情越来越多，就如小说最后一段所写到的："雨神驾到，冯老师还来不及撑开伞，大雨就瓢泼而下。"

可以说，这是又一篇"救救孩子"的故事。而比起刘心武的《班主任》更加不明朗的是，有待拯救的，却并非只是孩子。除了"救救孩子"，也许还有必要"救救老师""救救家长"。

《宝贝》上演的是另一种关于教育问题的故事。这篇小说的视点不在于学生，而主要是在学生家长身上。小说里的宝儿是一名刚上高一的大男孩，因为上的是一所二流中学，母亲施文为此自责不已。她觉得儿子在教育上的失败是自己造成的。孩子的瘦，营养不合格，是她的错；孩子没考上重点中学，是她的错；儿子的叛逆，也是她的错。在儿子11岁那段岁月的缺失，让她更是永远无法原谅自己。总之，"对儿子，施文总有一种挥之不去的愧疚感"①。这是一个背负着沉重负罪感枷锁的母亲形象。像施文这样围绕着儿子为重心过活的母亲，在日常生活中同样是随处可见的。俞莉在小说里写到施文的两位闺蜜正好说明了这种现象。起初，她们在育儿方面的成功让施文羡慕不已。殊不知，这两位闺蜜的好孩子都出了事故，一个捅伤舍友，一个坠楼受伤。这就揭示了一点：从表面看来，学校教育和家庭教育是成功的，孩子们在这种"成功"背后所承受的压力却难以想象。成功和失败，其实也就是一线之差，或者说，这种成功本身就是一种扭曲的失败。小说的最后，母亲施文对儿子的教育问题却似悟未悟。

---

① 俞莉：《宝贝》，《当代》，2015年第5期。

从以上两篇教育题材的小说来看，俞莉热衷于从成年人的角度来写两代人的成长与教育问题。这类型小说不单单是关注青少年的成长，俞莉也希望借此引起人们去关注青少年的老师、家长等成年人的精神状态。教育所造成的困顿不但关系到学生和教师，更影响着不同的家庭。他们该如何走出这种精神困局？这是一个值得深思却没有明确答案的问题。

"教育"可以说是俞莉小说创作的一个关键词，另一个同样重要的词则是"情感"。《我们的前世今生》就是其中颇有代表性的一篇。它主要是以"我"去香港探望闺蜜芯慈的经历为主线，写两人见面相处后，以今日之所见为底色追述"我"与芯慈、刘源三人错综复杂的情感纠葛。小说有意打乱叙述时间，让过去与当下重叠，借此营造一种时空交错的氛围。小说所写的故事并不能说十分新鲜，甚至略显老旧，不过这种怀旧的气息也许正是作者所追求的——写作《我们的前世今生》的用意正是为了"致青春"。另外值得注意的是，作者将受害者芯慈被情所伤嫁至香港后的感情变化写得很细腻。散文式的语言读来也舒畅自然，做到了在平淡中见真意。

《剖心》同样是一个情感故事。小说写"我"在小姨父遭遇车祸并意外身亡后追忆了小姨父沈卫生与小姨许亚妹之间的爱情往事。沈卫生曾在庐剧团当小演员，他精明能干，一表人才，这让许亚妹对他一见钟情。这是两个有着不同性格的人物，相对来说，许亚妹显得没心没肺，沈卫生则颇为周到。可是谁也没料想到如此体贴周到的人出轨了，他不顾一切与第三者山盟海誓，闹出一场轰轰烈烈的婚外恋。戏如人生，在庐剧《秦香莲》里演过陈世美的沈卫生将这个角色搬到了现实当中。后来，这场婚外恋不了了之，直到沈卫生死后，"第三者"小林子忽然出现在医院。在她的哭诉中，许亚妹才知道他们一直藕断丝连且一往情深。这让许亚妹感到气恼无比，对沈卫生曾经浓烈的爱变成了火辣的恨。小说中一些细节的安排较为巧妙，比如说设置了姨父死因不明需要开刀做医疗鉴定的细节。许亚妹本来反对，觉得沈卫生已死，一切难以挽回，没必要让他再受这样的折磨。然而，在听完小林子的哭诉后，她的态度开始改变，坚决要让小姨父接受医疗鉴定，用意却不是为了查明他的死因，而是为他的负心而生气，想借此看看小姨父的心和肺是什么样的。这一情节的反转带有惊悚意味，却也符合小姨的性格。

在现代社会，爱情领域往往是社会症候的集结地，各种各样的问题都从中得到反映。《我们的前世今生》等小说也有意在对情感的追忆描述当中反映时代的精神状况。然而，和俞莉所写的教育题材的小说相比，这方面的处理显得有些薄弱——时代背景的提取有时未免简单，对时代之变的认识也不够深入。

在《老板》《新生》《蓦然回首》等小说中，俞莉还尝试探讨在社会经济急剧变化时期人心的皈依问题。《新生》里的老保安许国柱兢兢业业，深得业主的人心，背后却有着不为人知的过往。在当保安之前，他曾经是黑道上的人物，如果时间再往前追溯的话，他的生命还有更多的可能性。比如说年轻时他曾经想要去参军，却因为他母亲不同意而放弃了这个机会。这是另一条人生道路。小说中还将许国柱与他祖父、父亲等人的经历进行比较，这些不单是对人生的简单回望，而是试图从中探索生命存在的问题："在大的时代面前，人身在其中，走的路是正确还是错误，其实，自己有时并不是很清楚的。他爷爷是，许国柱也是。只是在回过头来，才发现原来的路是对了，还是错了。"[①]

《蓦然回首》主要是写一件小事引起的一场人生对话。"我"与陌生人王小毛相遇并得知她因为获得过别人的帮助而锲而不舍要寻找此人。这篇小说在情节的经营上显得有些刻意，不算特别成功。《老板》讲述了"我"的高材生表哥赵楠林在深圳下海经商，却不断遭遇失败的经历。在经济浪潮冲击下的中国大城市往往崇尚物质至上，人心也变得

---

① 俞莉：《新生》，《中国作家》，2015年第11期。

贫乏，不少人已丧失了对事业的初心。赵楠林也正是这样一个典型。小说中的赵楠林从小就品学兼优，是中科院的博士，然而，在二十世纪九十年代之初，表哥的思想发生了变化。这种变化，有顺应时代潮流之意："发展经济，发家致富，是我们这个时代的主流。那时从中科院出来的，许多人靠自己值钱的大脑，生活提前奔上了小康，也有不少出了国，硅谷里到处都有他们的身影。科学是生产力，科学创造财富。"①原本在一家研究所工作的赵楠林也下了海，不过他后来的经历并不如意。虽然一开始就顺应时代潮流而行，但是赵楠林始终比身边的人慢一步，而越往后，就觉得自己越是赶不上。直至小说结束，赵楠林都是一个失败者。另外

---

① 俞莉：《老板》，《飞天》，2013年第10期。

值得注意的是，这篇小说对种种流行的成功学提出了质疑。在当今时代，商品拜物教和拜金主义对人的影响可以说是覆盖性的，而物质所带来的舒适和欢愉却未能消除心灵的贫乏。这篇小说，既写了中产阶层的困境，也借赵楠林之口来写富人之困："最近在想，其实，什么又叫成功呢？越来越迷糊了。我一个朋友，很聪明，当年一心想发财，伪造信用卡套现，被抓，出来后，做生意，做得很大，公司也上了市，但他还是发愁，他的股票可以抵押贷款，可是，他发愁这些钱投资哪儿。他的生活也永远是为钱烦劳，到处应酬，年纪比我还轻，却已经患了'脂肪肝'……"①对物质的追求，是永无止境的。而如果一个人缺乏内在的定力，只会被时

① 俞莉：《老板》，《飞天》，2013年第10期。

代的风潮一直裹挟，没有自己的方向，当然也没有真正意义上的快乐。

不难看出，俞莉的这一系列小说都有意关注个人和时代的问题，着意写人在大变革时的精神困境，希望为笔下的人物找到出路。因此，"情感"与"教育"这两个关键词也可以合并为一个词："情感教育"。人何以安身立命？不管是大时代还是小时代，这样的问题一直都在，恒常如新。小说家们仍旧大有可为。

失败者之歌

——蔡东小说论

一

　　蔡东生于1980年代，这个年代一方面是光辉的印记，被划入其中以其命名的作家群体至少是获得了部分承认，而对较早就被纳入其中的作家来说，则又是避之唯恐不及的前缀名词。蔡东跟其他同年龄段的作家不同之处在于，她几乎不是一个可以简单归入以年龄段命名的作家群体的，也没有走过那些作家通常所走的路，比如青春期写作这条几乎必经的路段，在她是缺席的。当然很可能她也有一段抽屉写作阶段，但她经过了选择，开始亮相的作品，是直接面对人生困境和生存的艰难。与此相关的是，在蔡东的作品中，很少看到那种叙述者与作者几乎难解难分的状况，也没有玛丽苏似的少年心态，撒娇卖萌自我标榜，毫无顾忌地把一切责任抛给社会的那种任性和姿态。蔡东还有写作文学评论的经历，这在作家偶尔为之也是正常的，但她是正经做了一些文章，所以她可能在阅读和思考中直接跨越了一个作家成长的幼稚、习作的阶段。蔡东站在当代中国现实主义写作沉潜扎实的原野里，站在一群年轻作家中间，有一种略显突兀的文风和拖曳着漫长历史的稳健，有意识地跟同龄人、同代人的概念所召唤出来的某种相似性保持距离。

　　相对蔡东的其他小说，《我想要的一天》是比较特别的，这是她为数不多的叙述者跟作家距离较近的小说，也是一篇比较容易引起都市青年共鸣的小说。青年夫妻麦思、高羽都是心思敏感的人，他们经历了内心的挣扎，好不容易接受了平凡的生活。一个不肯认同于"正常"生活，不肯屈服于外界压力的朋友春莉突然降临到他们的生活世界，像一个灾难和危险。春莉放弃公职远赴深圳，专心写作，在麦思看来是一个毫无征兆且过于剧烈的转折，拐过去是什么，尚笼在烟里看不真切。随着这起事件所包蕴的浪漫面纱渐次褪却，麦思已经投身到自己所讨厌的阵营中去，她并不欢迎春莉异物侵体般的到来，即使春莉曾是她成长的一部分。麦思尤其反感春莉行为中透出的暴烈与危险，对麦思和她的爱人高羽来说，他们正处于努力说服自己接纳平凡的节点上，正要适应一个可能会延续很长时期的闷局，方方面面的寡淡和沉寂遇到春莉这样的春风和火花，可能就会烧起难以扑灭的野火。这对年轻的夫妻意识到一些真正的困厄和痛苦，始终没觅到通往光明之门的道路，龟缩和鸵鸟，成为不是选择的选择，看不见的自我的战争和困境吞噬着生命，陷入僵局无力突围，也没有可能找到具体的敌人，这样的人只能走向内在的消极——找那么一天怡情养性，在家庭园艺和美食制作中无名肿毒慢慢化掉。

如果这是我们这个时代青年人正在遭遇的具有典型性的社会问题，那么这篇小说模拟再现了这个问题的来龙去脉并给出了自己的解释，比如理想和激情是如何消失的，工作中没有激情和进步的空间，被功利主义价值观笼罩了一切空间，这些渴望保持距离和自我追求的青年人没有可以自我安顿的空间，也没有能够给予自己生活意义的精神世界。在这种失去根基的致命匮乏之下，社会舆论乃至于亲情只要稍微风吹草动，对于他们的心灵都是致命的打击。所以我们在蔡东的小说里处处都能看到这种敏感神经所感触到的生活和人际关系的微妙，以及叙述者内心那种压抑变形了的怨恨和对人性冷酷的逼视。上一代人期望你升官发财光耀门楣，而不会关心你的自我追求，逼得下一代粉饰太平，远走他乡，伪造功名；家乡小城向着四方铺展的广场，在麦思的眼里阔朗而又逼仄，此间的罪恶让她几乎透不过气来……蔡东在面对人生的困境方面是不分老幼尊长的，几乎都是以现实主义路径，铺叙沉稳地进入到他们的生活和世界中去，现实的尴尬和错位几乎是她最主要的母题，每一把插入生活横截面的手术刀也都是寒光凛凛，崭新的截面并不能掩盖作家的熟练，曲折从容之处都是一副历练的观察者目光。

在《我希望的一天》创作谈中，蔡东说："我关注的，不是一时一地的具体的困境，而是日常生活的悖论和近乎无解的精神困局，任何时代，任何境遇，当内心丰盈的人停下来反思，就会有困惑，就会有怀疑。"其实，蔡东的小说都可以看作是内心丰盈的人们的在世日记和深夜低语，于是他们的世界可能是恶意丛生，毫无希望，但他们不能放弃说话的欲望，这可能是一条不让自己沉沦的道路，而作家的介入总给人一种披荆斩棘和自我解剖的悲壮感和创痛感。蔡东不是让这些青年人沉入自怨自艾的世界，而是借着每一个人物让我看到世界，每一个人都是缀网劳蛛，《净尘山》里的张倩女，

《布衣之诗》里的柳萍都在一个宽广的社会中留下了自己的成长足迹，这个最终的僵局和困境是一步一步织就的。这是生活给予作家的理解和观察，而我常常认为到此为止应该是文学起步的地方，不应该是画下句号的地方，哪怕作品留给我们的是一个个问号和惊叹号。

二

用弱者的世界来命名蔡东的小说世界一点都不过分，小说的主人公们被遍地的敌人围困，而且生活中时时都有一种战斗的思维，几乎就是心灵的战场，善良软弱的人们从来不会占据高地、所向无敌，而是进退维谷，腹背受敌。首先敌人来自家庭，曾几何时"打倒父亲"一直是年轻人建立自我意识的一条必经之路，但在蔡东的小说里我们悲哀地发现，几乎就没有什么像样子的父母，比如像鲁迅期望的那样钳住黑暗的闸门，放他们到光明的世界去的父亲，甚至连脉脉温情都很少奉献，这些父母们或者歇斯底里，或者抱守残缺沾染了虚弱徒劳的气息，"父辈们"的光荣与梦想，共和国第一代人的豪情与自尊，几乎都被"生活"这个利器打磨平了。其次，出了家庭，就是社会的圈子，蔡东小说中总有一个不言自明的"群众"团体，不请自来地围观主人公的人生困境，《净尘山》里那个拼命减肥的张倩女，忙于工作忽视了身体爆肥，成为母亲的拖累，也不敢让风雅的父亲看到自己如此狼狈，成为某种意义上的loser，本来身体发肤受之父母，也是自己的，但她却要接受社会的检视，尤其是一个未婚女青年要接受来自异性的标准考验。在同学聚会上，她也只能看着别人比赛幸福，没有办法加入比赛，仅仅因为某一方面的失败，她就成为众人眼中的异类，"生活的本质是庸常、脆弱而不容异端的，一条衣食住行、生老病死的既定轨道，稍有偏差，你跟人群的交集就会越来越少，很快就被隔绝在外了"。人群的标准不外乎是成功，从名利到身体的一套意识，总有一把利刃是对准你的短板的，他们是约定俗成的"敌人"。《我希望的一天》中，春莉固然洒脱了一把，但是她的身后是多少唾沫，家乡广场上并不真正认识春莉的人们，为她编织故事，对她冷嘲热讽，等着她发达或者败落，成为下一轮的话题，"群众对一个陌生的名字，能关心到这种程度"，让人胆战心惊，这些一脸精明相的势利人群，转眼可能就是杀死人的凶手。 再就是官僚体制、社会机制，人总是要在社会关系中生存，《木兰辞》《布衣之诗》《无岸》里面不得志的人们，大都是不能谙熟人生那套交际应酬的道理，不会拍马屁，不会放下身段加入弱肉强食的动物世界，企图有所守护尊严的人们。正是他们内心的这种不屑于流俗，或者不肯加入，让他们错失种种"成功"的机遇，等到他们意识到现实的残酷之时，即使想献媚沉沦已经不可能。

在蔡东的小说中，落魄者的人生几乎注定是一场失败和无意义、死无葬身之地的虚无。困境不仅仅是社会造成的，而且还是各种人生常态，生老病死和心理的空虚让在世者们的生活穷形尽相，残弱无依。《往生》里儿媳妇康莲无可逃避地要面对疾病和死亡，在四世同堂的家庭里，她必须承担公公和整个家庭的琐碎、沉重的生活负担和生命本身的无聊重复，种种压力把生命揉捏得没有一丝生气，新的一天就是旧的生活，"无非是忙活吃喝拉撒睡，间中，充满死水般的静寂，似有一股淡淡的霉味弥漫在空气中"。《无岸》里的柳萍夫妇，在四十五岁这年的一个晚上，宣告自己的人生失败，因为女儿的读书教育问题，经济压力赤裸裸地来到身边，而人与人之间的对比和差距无情地践踏着她的尊严。人与人之间的关系都是算计和攻讦，她鼓起勇气去求助于上级何主任，打官腔的上司几乎把她逼到死角，仿佛享受那种蹂躏人的快感，这是一个不折不扣的存在主义世界，他人都是地狱，尤其在权力、金钱的威逼之下，每一个人都不过是人形盾牌，内里则已经是乱絮纷飞溃不成形。《福地》里男主角傅源总是被一个无处埋葬肉身的噩梦惊醒，联想到中年早逝的好友无法达成的魂归故里的遗愿，内心产生了无处葬身的焦虑，在一次回故乡中目睹了一次亲人的葬礼，却加重了他的无处依傍的漂浮感。困境从四面八方而来，从微末之处升腾起来一直到整个社会体制甚至是命运，密不透风，把人们禁锢在牢笼里，凝望着自由美好的世界，更让这种禁锢和困境自我强化。

蔡东目前的创作主要是短篇小说，罗列在一起，特别像一首首的失败者之歌，歌曲中的人物甚至是作家本人，他们对生活从本质上是热爱的，但却以冷的面目出现，从而在客观和冷静的包装之下变形成抱怨和无力感。但是世界依然向前，生活的伦理还在正常运转，必定有一些价值在支持着这个日常世界的运行。那些颓败而不失天真的人们，那些守望一份尊严的人们，在退无可退的时候，他们

的选择也是非常匮乏的，比如那些稍微有点坚守的
人们，蔡东都会给他们匹配一丝古典的情怀。蔡东
小说中人物的书房和卧室里凡涉及书的道具，都是
有迹可查的。比如赵婵斜倚着沙发扶手，腿边放
着《红楼梦》的上册，"大部分时候，她是平静
的，腿边的那本书，正是通往平静的几条秘径之
一"。松弛下来的孟九渊，读《论语》，读《范石
湖集》，读张岱，读白居易，"嗟君两不如，三十
在布衣"。（《布衣之诗》）柳萍的策略大致相
似，就是藏起来，阳光明媚的书房，难得糊涂的陶
盘，书案上摆着的书：李渔的《闲情偶寄》，袁枚
的《随园食单》，文震亨的《长物志》，王世襄的
《锦灰堆》，才子书，生活禅，性情，写意，玩乐
的雅兴，琐碎的情趣，轻灵地过渡着现实和诗意，
让她忘却了过往生活中充塞的粗粝寒碜，让她忘却

了被穷折磨的那些年。（《木兰辞》）这个情节安排是非常可以理解的，就像沙漠世界中的一汪清泉，明明知道可能是幻象，还是愿意相信这里可能诞生出一种健全的人格，重新锻造知识分子的机能，去对抗和平衡那个日渐衰败了无生机的世界。

这也是一种略显理想主义的人文情怀，这些情怀几乎都不能放到广阔天地中去，它们属于一个人的修养，坐落在家庭的小氛围中，甚至只不过是想要的某一天生活。所以这种理想很容易后撤，比如为了战胜没有尊严的生活，柳萍的丈夫童家羽发明了一种名曰受辱训练的方式，不是戏谑而是以模仿的方式，在家中默默演习进入社会残忍的游戏，进入那些在现实中无法进入的角色，获得快感和自我改进，这是在私人领域内最残忍的自我放弃。（《无岸》）在无限自我压迫式的逼视之下，蔡东也在小说中释放过一抹亮色，《净尘山》里主动出走的"母亲"，一个抱怨自己这些年不知道忙什么，幻想着自己老公和女儿能消失哪怕一天，连个身边的净尘山都去不了的人，制造了一种平静包裹下的惊天动地，离家出走踏上了一个人的旅程。我们不知道这个年过半百的妇人能在出走中获得什么，也不会奇怪那个羡慕自己母亲勇气的张倩女可能永远走不出这一步，但总算有人对深渊式的生活说不了。尽管娜拉走后的世界会怎样可能是一个更严酷的文学和社会命题，更何况是一个老年娜拉。

三

蔡东的小说世界是自治的，她对生活和现实的洞察与理解，对一个青年人健康生存的世界之渴

望，作为纠偏者存在的古典情怀，都是极为可贵的
文学品质。但放在当代写作的现场，她又面临着在
"合唱队"中把自己区分出来的艰巨前景。在阅读
当代文学期刊的过程中，会发现失败者、社会底
层、或者网络用语"屌丝"、"卢瑟"（loser）等
形象几乎成为文学写作的政治正确，不仅仅是1980
年代出生的作家，而是众多纯文学期刊版面上都是
形貌相似、相差无几的失败者的故事。大量的当代
作品都在走向一种面目熟悉，小人物及其困境几乎
成了"正确"文学的通行证，无论是年轻还是年老
的中国作家，满纸的小人物辛酸史都被奉为座上
宾，这些小人物几乎普遍沾染了衰老的暮气，他们
困在各种牢笼里：事业上没有上升空间，人际关系
中都是攀比的恐惧和互相践踏尊严的杀戮，家庭生
活中处处是心机和提防，生计的困难遍地哀鸿，精

神的困境更是如影相随，他们对理想生活和越轨的情致心驰神往却又不敢碰触，小心地盘算着如何才能不至于输得一塌糊涂。

布迪厄说："文学场是围绕着一些集体性幻觉被组织起来的。这些幻觉包括对独创意识形态、对天才的神秘性、对文学超越功利关系的艺术自主性等信念的崇拜。"顽强地关注社会生活中的困顿，对庸众的批判，对于个人来说当然首先是一种独创才有存在的必要性，而就社会现实来说，阶层固化和贫富差距也是不争的事实，但不能否认文学意识形态的召唤之功，有时候它自己越俎代庖地先于现实而存在于创作者的脑海中。蔡东小说里所呈现出来的这些失败者的情绪，以及情绪的生态学，在许多小说家的笔下都有过不同程度的分布，而这似乎已经成为某种类型写作的固有之物，这个谱系如此广泛深远，以致已经形成一种特别容易获得的提取物。提出这个问题，并不是说要讨论这个问题的真假，而是对这样一个日渐自然化的表达方式需提请一份警惕和疑问，这种写作是基于惯性还是自动、原始触发，是自然化到无法辨认还是没有进行过反思？有没有受到这种集体性写作氛围的诱发？而最重要的是，我们的文学库中还有没有其他的装备来应对普罗大众都在经历的现实。现代批评家已经向我们证明，谈论内容本身根本就不是谈论艺术而是谈论经验；仅仅当我们谈论已经被成就了的内容，即形式，以及作为艺术作品的艺术作品的时候，我们才开始作为批评家说话。内容，或经验，与已经被成就了的内容，或艺术之间的不同在于技巧。只有当我们谈论技巧的时候，我们几乎在谈论一切。有时候我们把对形式的忽略，归于现实生活本身的压力之下的退却，其实本质上可能是无法获得一种形式。

再回到讲故事的层面，任何一种暗含了前定"失败者"形象的叙事当然是一种解释，是对故事因果的重新梳理，而描写尤其是洞察式的观摩，往往会走向真相的歧路。巴尔扎克曾经提到大多数小说家往往会选择一组人物，一般情况下是两三个，在小说家眼里，就好像这些人物生活在玻璃橱窗下一般。如此一来，常常产生一种强烈的效果，但不幸的是，同时也造成了虚假的效果。人不光过自己的日子，还生活在别人的世界里：在自己的生活中，他们扮演主角；在别人的生活中，他们的角色有时候倒也重要，但常常却是微不足道的。你去理发店理发，此事对你而言无关紧要，可是由于你不经意的一席话，可能就成为理发师一生的转折点。
通过把其中暗含的一切意思显现出来，巴尔扎克得
以生动形象、令人激动地呈现出生活的千差万别、
混乱无序和相互冲突，以及导致重要结局的那些起
因有多么遥远。一个小说家的因果关系如果耽于清
晰，逻辑结构和人物安排其实都在一个可以预测的
模式里。这也是本雅明在《讲故事的人》里对"消
息"的批评，每天早晨都给我们带来世界各地的消
息，但是我们却很少见到值得一读的故事。这是因
为每一个事件在传到我们耳朵里时，已经被解释得
一清二楚。实际上，讲故事的艺术有一半在于：一
个人在复制一篇故事时，对它不加任何解释……作
者对最异乎寻常和最不可思议的事物进行最精确的
描述，却不把事件的心理联系强加给读者。

　　蔡东的小说写作或许可以称作刚刚开始，作品

的风格意义讲故事的方式，不得不注意到与他人和悠远过去的区隔，这仅仅是因为它们本身位于其他作品之侧、之次或之间，而不是站在一条从它们开始顺流而下的线上。蔡东的小说有那种抓住土地延伸根底的渴望，要与正在经历的现实拉开距离，甚至是提供另一套替代性的生活方式，比如《布衣之诗》《无岸》，这是一个美好的远景。仅仅赋予被注视的生活以秩序，其实是在提供安慰，就像简单的虚构作品就是人类的鸦片一样，我们希望文学不仅能提供安慰，还能在这个历史的中间阶段发现此时此地的可靠的真理。

触手可及的此刻——秘密

——弋铧小说论

　　本雅明说普鲁斯特的形象是文学与生活之间无可抗拒地扩大着的鸿沟的超一流的面相。时间缓慢匀速地消失，但我们依然会乞灵于这个形象。文学与生活之间的关系依然是这样若即若离、模糊的，逃匿于我们渴望透视的眼睛。每一个写作者都在艰难地寻找接近或者把握的方式，去经历捕鱼者那种拖曳的艰难，体会沉甸甸的嗅觉、触觉和肌体全部的内心活动。在文学作品面前讨论生活本来的样子，应该是一个非常危险的话题，处处是陷阱，生活以快于我们感知的方式消失，我想记忆可能是我们唯一的方式，在对记忆的珍重上，弋铧是一位特别平实的写作者，她孜孜矻矻于"过去"的故事，以及自己的谦虚谨慎的理解。在我所看到的小说中，始终能感受到一种对世界的谨慎和畏惧。比如《一九七九年的一次出差》，小说的开端是平时不怎么打交道的老师的忽然热络，周围的人们像被磁铁吸引了一样，聚集到"我"的家庭中来，她不厌其烦地交待从各个角落汇拢而来的攀牵，只不过是为了母亲的一次去往大城市的公差。人们对陌生繁华之地的向往，对物质的热爱，封闭之地人们关系之无间已经为熟人社会的摩擦蓄势。这是一篇非常立体的小说，改革开放初期的这一次出差从根本上讲只不过是引子，引出了许多琐碎的故事，周围的人们纷纷加入进来，爱美、自私、闲话，在封闭的环境里发酵酝酿，人们的内心生活都获得了一次展示的机会，连小孩子的内心世界都被搅动了，牵一发而动全身，搅动了一潭死水。小说的高潮是出差归来莫须有的绯闻让爸爸妈妈的婚姻破产，首先是闲言碎语带来的舆论压力，这是我们熟悉的庸众的世界；其次出差后遗症也的确在妈妈身上产生了变化，她更加亲近技术人员，热爱打扮，与爸爸的世界越来越远，一次出差让世界整个缓慢但无可阻抑地改变了，以至于产生了深刻的后遗症，爸妈的婚姻就像整个时代一样走向剧变，而最为重要的是，这甚至更改了一个普通人的感觉系统，若干年后，爸爸连对我的职业评价都是基于能否出差。

《一九七九年的一次出差》撇开时代背景，其实是一次日常生活流的临时转折，揭开了在惯性生活中看不到的生活的真相。是那种类似于震惊活着惊诧的存在。这也是弋铧小说中喜欢使用的桥段。《爱在左，情在右》写了一对日日相守的夫妻之间的隔膜，两个人平静如水的生活之下，丈夫谢峻出轨但并没有影响家庭生活，他对此也没有什么内疚，因为他十分清楚爱和性的关系，他对妻子十分有把握，也享受妻子对自己的依赖。打破生活惯性的是妻子的一次出差，妻子在一个跟她告知的地点完全不同的地点车祸身亡。真相开始裸露，他对妻子的欺骗完全无法理解，他想揭开这个谜底，查看妻子的日记，探访她的朋友，寻着线索一步一步去接近事实，其实也是一个重新了解妻子的过程，妻子成了自己身边的一个最熟悉的陌生人。妻子是文艺青年，热衷文学活动，但丈夫谢峻对此始终抱着无所谓的心态，她引以为傲的文学事业，对谢峻而言，只是任何闲暇时的一种玩票，一种与别的吃饱喝足无事可干的女人不同的附庸风雅的兴趣。小说的结尾，并没有出现通俗小说中常见的妻子出轨的套路，妻子一直保持着对婚姻的忠诚，但最凄凉的是妻子与丈夫之间感情的距离，妻子一直渴望和追求的"梦想中的世界"，对于丈夫来说，完全是一个陌生之地，他以为她每根头发丝都熟悉的女人，却原来和他有着如此远的距离。夫妻之间谈论的话题通常是一天中的日常事情，有关工作的、孩子的教育、金钱等问题，他们从来没有谈论过希望与理想，而且最致命的是他觉得毫无必要，而妻子只能在别人那里寻找欣赏和尊重，这让丈夫受到了深深的刺激。这篇小说是非常有现实感的情感小说，隔膜和距离让一对夫妻分别从精神和肉体上出轨，小说没有任何道德批判的调子，而是对这种现状表达了一种懊恼之情，我们是怎么走到这条道路上来的，是什么地方出了问题？我们的理想和热情是如何被生活给磨平了，这其实也是弋铧其他小说的一个重要主题——关于理想和坚持。

《无名女郎》写了一位白富美女孩的遐思，很多年前，洛洛曾经很想成为一个歌手，拿着把吉他，浪迹天涯的那种。她想把歌声留在她的流浪里，在以后回忆起的日子里，她的不堪回首的人生充溢着伏特加、行为艺术、颠三倒四和醉生梦死。但是梦想永远只是一介梦想，她成了最好的学生，拔尖的优秀生，数理化门门第一的尖子生。她知道她永远也成不了一个艺术家，虽然没有人会把流浪的歌手当作艺术家，但是当电视新闻里在回顾MJ的一生的时候，她看着那个曾经样貌多么隽永，瞪着一双炯炯有神的大眼睛的黑人孩子，因为白化病的痛苦折磨，经受了那么多舆论和媒体无情的嘲讽，仍在坚守着自己的音乐的神圣的时候，她绝望、痛苦得直不起腰身。这辈子她注定在一个自己完全不会喜欢的领域里去驰骋了，她会慢慢成功，凭着自己的能力和家庭的背景，她会成为某个领域的领军人物，一个商会里的领头羊，甚至一个政协委员，一个功成名就的最后只致力于慈善事业的翘楚。可是所有的人生都是矛盾的，她想做的，仅仅只是用那种"什么都可以牺牲的"态度去幻想和向往。这篇小说特别像一篇散文，一位挣扎在理想和世俗之间的女孩，无法控制地被裹挟进世俗的价值观，但又分裂地梦想着另外的生活，其实是另一种灵与肉分裂的痛苦。

《衣道》则是在时代洪流中有坚持的人的生活写照，一位手工缝纫师傅，守着自己一间小小的铺面，坚持着自己固执的理念，连他的个人形象也成为格格不入的、彳亍独行的一个人，任谁也进不了他的心。他不肯妥协的认真把顾客都赶走了，但即使沦落到做睡衣和寿衣，他依然一丝不苟，依然坚持手工缝制，做工仍是精致的。小说中处处隐藏着对这个坚持衣道裁缝的忧虑，不知道如何赋予这种逆时代潮流的技艺以价值，又不想它消失掉，任这个时代走向平庸。

弋铧小说中的这种痛苦都是时代带来的个人生活投射，这种感情其实并不好把握，生活有变和常的差异和轮回，有时候文学叙述的方便会诱导我们走一条浅显简单的路，这条路不会有大错，但也实难有殊异的风景；在变和常的生活哲学里，我们很容易受惠于自身经验写出生活是什么样子来，但却不容易跳脱个人视野呈现出为什么会这样。相对来说，个人生活史的写作是更容易把握的，有一种低姿态的平实和在同一个频道的顺畅稳妥。小说《葛仙米》写了一个家庭中两个女孩之间的感情关系，作为养女和生女，由于父母的刻意消弭差别，却失衡地制造出另外一种偏斜，结果给两个女孩都造成了心理压力。养女蒙蒙被领进我们家里，被旁人和社会潜移默化地教导着要报答我父母的养育之恩，她被人们赋予了巨大的回报反哺的压力，甚至是她成长下去的唯一动力，但由于她自身的资质和能力，没有如愿成功过，甚至连自己的工作，也得靠妈妈的牺牲才能争取。而这种被施舍的世界正是她痛苦的根源，她自责和伤心，"在每一个微笑的没心没肺显现出快乐的白日后，在那些寂寥的夜里，她是多么的痛苦和绝望啊"。而亲生女儿"我"却由于父母的牺牲精神和无私的爱，几乎是在缺失母爱中度过了童年和少年。小说的最后两个女儿都选择逃离来愈合自身的创伤。这是以爱的名义制造的伤害和黑暗，两个女孩的成长史，是与黑暗的斗争史，这里可能是在潜意识里讨论爱与伤害，讨论世俗对爱的扭曲变形，爱的施予者与承受者之间到底是怎样的关系才能走向健康之路。但也有可能，这篇小说只不过是一次情感释放，不关涉任何更高更深的情感指向。《千言万语》在这个意义上，跟《葛仙米》有异曲同工之妙，这篇小说也是两个女人之间的关系，两个不同背景下长大的女人，完全不同的世界，但又有着致命的吸引力。刘冬由于外婆的"风流"历史，被妈妈规训着走着一条中规中矩的路，而胡丽君则像野生的花草，肆意地张扬自己的女性魅力，她像刘冬的另一个自我，是她自始至终羡慕的对象。人到中年，两个人各自有了生活的归宿，在单位的新年联欢晚会上刘冬是逢场必邀胡丽君的，她喜欢胡丽君的张扬，喜欢胡丽君散发的咄咄逼人的霸气，整个晚会的中心全是她，所有的男人都围着她，所有的女人眼里都喷着火，她把刘冬从小的梦想都显现在了眼前，她唱着，她舞着，刘冬的血脉都喷张了。胡丽君是她想象的一部分，也是在恢复自己慢慢死掉的那部分，但两个人其实都是生活的失败者，只不过一个离经叛道，另一个墨守成规，刘冬把自己和胡丽君的生活都看在心里，像发酵一样等待一个互相靠近的机会，最后在一个脆弱的时刻，两个人打破距离，抱团取暖，
"刘冬把胡丽君拥在怀里，用力紧了紧，她感觉到她的一点挣扎，有点仓皇的，有点下意识的，如果

胡丽君推开她，刘冬也许就立刻放了她，比她挣脱她的劲还要大，还要无辜，还要张皇，可是胡丽君没有，她偎在刘冬身体里，鲜活的肉，软软的一沓。刘冬悄悄地吁了一口气，她想，她已经喜欢她多少年了"。这个结局可能有一点同性之爱的暗示，也有可能是人终于找到另一个自我的拥抱。弋铧好像特别适合写这种细腻的情感，两个女孩或者女人之间，窸窸窣窣的微细感情和往事，从各个角落里钻出来，她们从不张扬，甚至还有一点懦弱卑怯的神情，但是无一例外又内心坚定，循着自己的方向一点一点积蓄力量，等着那爆发的一刻，比如蒙蒙精心设计的逃离计划，比如"我"义无反顾地远赴重洋，而刘冬不动声色地对胡丽君的接近和最后那一次结实的拥抱，都恰似无声的惊雷，是蔫人出豹子式的爆发。

　　弋铧的另外两篇《扁舟》《于秀和她的黑》回到具体而厚重的乡村世界，回到一种诗意与宽阔之地，无论是小心翼翼的语气还是那种抚摸式地扫描万事万物的目光，都仿佛在恭候地母精神的降临，才能把苦难演化成坚韧的承受，甚至是无声地消化。于秀这个普通的农村妇女，几乎集各种生活苦难于一身，生了一个脸面五官漂亮却有星白斑驳皮肤的大闺女，二女儿的智商连《春晓》都背不流利，她还有每月要花五百块钱治病的婆婆，整天胸有大志无所事事的丈夫，她四十一年来从未出过县城。到此为止的生活，以及接下来的漫长岁月，在某个疲惫难消的深夜，突然以无意义或者重压的形式出现，于秀在祖宗坟场大哭一场。在于秀的生活中，她是一个事实上的孤独者，没有人给她安慰和支持，就像这个孤独冷清的坟场，而那只叫黑的狗，是她生活中唯一的亮色，"她听见了一声低低的犬吠，那是她三年多来熟悉的声音，那是世界上最美丽的声音。她笑起来，她知道它也是会微笑的，然后她微笑地迎着它，她径直朝它走去了……"。

《扁舟》相对于其他小说对故事的倚重，更多是靠场景的描摹，对片段式场景的充满温情的描写，"船里似乎只有一个人的，再多也只两个，都是上了年纪的老人，撒了网闲闲地盯着，好一会儿才起了网，里面会有活蹦乱跳的鱼，到了一定的数目，游船上的老板会去拾掇他们网的鱼，有时会有一点价钱上的纠纷，只是言语上的，好说，大家都是老主顾，甚至一个村上的，抬头不见低头见的，哪里能认了真的？小船上的老人会露出面目来，真是上了年纪的，可是也估不出具体的年龄来，说他们五十多也好，说他们七十多也好，错了二十年，竟然也是分辨不能的。都是褐色的皮肤，都是瘦叽叽的身段，都是经了风雨和岁月刀刻一般的脸颊"。

庞大的中国国土上，一定有为数众多的弋铧这样的写作者，他们不为时代潮流写作，不为批评家写作，甚至也不为一个明确的读者写作。他们可能只为自己写作，而且是在一个有限的视线之内，勤勉地接近自己所选定的故事、人物和爱，在其中本能是最为饱满的。我们几乎体会不到恨和恶意，当然包容、美和诗意都未必能带来文字之美和世界的丰富，但他们的写作却让我感受到了文学初心。如果我们以文学为志业，这些当然是不够的，始终我们都要看到浮游生物之下的河流，况且冬去春来，清浊互现，我们总能看到更深的地方，总能到达更远的世界。

詹姆斯·伍德认为小说家至少用三种语言写作，作家自己的语言、风格、感性认识，等等；角色应该采用的语言、风格、感性认识，等等；还有一种我们不妨称之为世界的语言——小说先继承了这种语言，然后才发挥出风格，日常讲话、报纸、广告、博客、短信都属于这种语言。在这个意义上，小说家是一个三重作家，而当代小说家尤其感受到这种三位一体的压力，因为三驾马车里的第三项，世界的语言，无所不在，侵入了我们的主体性、我们的隐私；亨利·詹姆斯曾经认为这种隐私是小说最好的采石场，并称其为"触手可及的此刻秘密"。弋铧的写作不能说在前两种语言上完美无缺，但都表现出来靠近那个标准的努力，而第三种语言则是她的小说世界亟须的，它太需要一种喧哗来打破单声音部。

驯顺的都市守夜人

——刘静好小说论

　　文学的世界已经被概念拉扯得四分五裂，而进入这个场域的作家，也会不自觉地寻找自己的同类和归属，同气相求的氛围会慢慢造就写作的类型和风格。作为一个评论文字的写作者，也是在大千世界里期待惊艳的偶遇，不过所遇者往往是合适的相遇者，这逐渐会影响自己的感受储备、情感模式、阅读期待甚至是语体风格。突然遇到刘静好的作品，的确陷入了无所适从的尴尬，需要努力回望什么时候第一次遇到过这类作品，卖力地复原当时的感受，寻找那种尚未被各种概念和各类阅读所覆盖时的知觉。

凡是有人群的地方必然会有分类，作家也不例外，而作家最好的分类方式是接受作品的引领。我阅读到的刘静好的几篇小说，都是关注都市男女心灵情感的故事，叙述者好像都市守夜人一样，在华灯初上的夜晚，安静地讲述一个个故事。故事也没有野心去传达教益和指引，就是倾吐一点心曲，平静而温和，并且有着沉稳的调子，跟我们苟日新、日日新的白天世界不一样。在白天的世界里，我们免不了要经受职场困争，要参与有输有赢的比赛，还有可能进入爱情和婚姻轻巧落下的帷幕，遑论亲人间的难以逃离的亲疏冷热之磕碰。讲故事的方式是第一道作家的护身符，激进与回撤会收获完全不同的故事，刘静好是回撤型的，她让作家的声音隐隐约约地存在故事中，从来不肯僭越叙述者那寡淡的腔调。《玻璃樽》是一个算不上有陌生感的爱情故事，年轻女孩米娜爱上一个离异男，他有孩子，对再次进入婚姻充满恐惧，但是这个男人又实在是感动于米娜的真情而再次进入婚姻，男人一直对自己的行为忧惧怀疑，不知道这样是爱米娜还是耽误了她的人生。男人不肯生孩子，他的理由是如果没有孩子，人是可能避开许多羁绊，像他这样心态灰暗的人，要奔忙在两个家庭，可能会毁了自己对生活仅剩的一点热情。一个女人无限制地爱一个并不出色的男人，迁就于他的平庸与软弱，直至因为满足他不要孩子的愿望，在流产的时候付出了生命的代价。米娜的爱情观有点像我爱你但与你无关，"我爱你，离不开你，你允许我留在你身边就是给了我实现梦想的机会，我不应该对此再有任何抱怨的"，她就这样沉浸在爱情的自得之中，是一个具有现代意识的女人自己营造的世界，她不管不顾，为之抱打不平的是她的女友，甚至是这个男人自己都意识到不平等。

刘静好可能对这种人物形象情有独钟，冒艳也是这种类型的女人，她独自一个人养着自己的孩子，释放爱情的主体与对象无关，即使是留下一个孩子，她也坚持着自己的自主性。她坚强独立，不肯陷入世俗的窠臼。"对她而言，冒来来，无论他是什么初衷下的作品，行到今日，他所代表的，仅仅是他个人。他不是那个男人的替代品，再也不是。失去当初那个男人，她昏天黑地地痛过。可是，什么样的痛，过个三年五年不会淡漠乃至消逝呢？她已经平复了，愈合了，她觉得，在这之前。内心仍然会有波澜，波澜也可谓壮阔，但与爱情无关了吧，理应？"这一段内心独白，就像一个女人的成长蜕变史一样，她们都是啜饮疼痛抚平自己的现代都市女人，还有冒艳的堂姐冒云，她"对自己从来都是体贴的。因为爱情，她从老家跑来长沙。又因为爱情，她手起刀落砍断婚姻。离婚后她没有再婚。短暂的婚姻也没有令她生育。她立意做一个潇洒的女王老五"。所谓的潇洒都是表面意义上的，比如她们不会成为男人的附属品，不会在生活面前失去尊严，但她们的内心无一不是沉重的，带着一种末世的凄凉感，郁郁寡欢地自怜。

《但为君故》的开头有一句作者的自白，"这是一篇世情小说。自然也有爱情出没。同时也是一场著名雪难的民间记录"。这可能是这部中篇成立的最重要的一个条件，在刘静好的作品中，一个爱情故事在短篇的幅度之内应该就可以完结了，就像《玻璃樽》一样，世情的触角一旦伸出来，生活的节奏就瞬间放缓了，在外面冰天雪地、南北动脉陷入瘫痪的时候，一个漂泊的女人回到家庭，亲人间的关系好像比平时的距离更缩进了，也更容易触碰到彼此的伤口，"外冷内暖，这是此刻长沙城与城中冒云家的气象写照。冒云、冒艳，分坐大床两头，上穿冬袄，臀围以下埋进被子。冒艳腿上搁着笔记本电脑，网上闲逛；冒云托着硬面抄撰写学生期末评语。但她们主要是和对方聊天。这对堂姐妹，曾经的姐妹花，成年后命运让她们分开在两地，但却相知相解如故"。小说里人们之间细微至极的情感，比如无奈、坚强、自怜，对爱的不能多一分的渴求，让我想起张爱玲的《倾城之恋》，灾难对人类爱情的成全，只有在这种天地倾覆式的时刻，人们才有勇气面对自己，太平洋战争爆发，香港的沦陷，范柳原要回伦敦处理事务也因战乱而未能成行，在满是硝烟的城市里，范柳原和白流苏这一对彼此试探的男女终于产生出了患难与共的真情，范柳原看着白流苏道："这堵墙，不知为什么使我想起地老天荒那一类的话……有一天，我们的文明整个的毁掉了，什么都完了——烧完了，炸完了，坍完了，也许还剩下这堵墙。流苏，如果我们那时候在这堵墙根下遇见了……流苏，也许你会对我有一点真心，也许我会对你有一点真心。"

因为是一场灾难，小说中充溢着各种在正常生活中不会轻易冒出来的情绪，但是好友文慧和爱恋者吴小峰又是另外一层人生的真义，他们是冲出这

135

种氤氲之气的人，文慧说与其坐在家里滋生无用的情绪，不如去大干一场，救助那些与自己的亲人同样失陷在路上的祖国同胞。吴小峰真切地意识到，人生有远比爱情重大重要的课题，有研究就会有收获。这也是薛老离开时的言辞，但是年轻使得吴小峰更为可信和纯真。就像雪天里在家的一顿火锅炖菜，在时间的消耗和气味的交融中，刘静好终于把一个故事化作百般思绪，并且拥有了化有材料质地，而不再见到原形的状貌。

《晚了二十年》中向天好是个任性的女人，她的感情目前滞留在一个漩涡里，"这是一个包容万象的新时代，可她不能。她是传统教育吓大的。她走不出根深蒂固的那一套。当然，她的不作为、不突围，也可以解释为受到的诱惑不够"。在一个自己爱的年长男人和爱自己的年轻男人之间来回拉锯，无法降落，谜一样的曾至宽，待她有礼、护爱，却始终不露一丝真相。她走不进他的生活，就如同苏咏俊走不进她的生活一样。最为特别的是她个人的性格也在这种撕扯中发生变化，她期望自己能够拥有自己恋慕不上的男人曾至宽那样的宽容厚道，并以此能够取代自己对苏咏俊这个年轻爱慕者的刻薄。向天好断然地作出离婚的决定，强行替丁香苏咏俊速配，她对丁香还是耐不住性子，她始终陷在对曾至宽的沉迷之中。生活就是这样，一旦晚到就再也搭不上自己臆想的那些链条，即使你明白无误地了解，那个链条也有自己的龃龉和咬合不当，这个沉迷最终是指向自己的，是自我的任性。

相对于爱情，女人之间不无瑕疵的友情也是刘静好小说的一个出彩之处，《玻璃樽》《晚了二十年》《但为君故》《无氧呼吸》都把两个女人之间的友谊作为故事里一个重要的支点。《无氧呼吸》中邓秀美本来有一密友王芳，虽然也不是十足地气味相投，但本着宽容谅解，以及"没有最好，还成就行"的妥协宗旨，几年来二人倒也能把友谊之树常青下来。《晚了二十年》中向天好与丁香之间的不可或缺，但又永远养不熟的友谊，丁香机智、热情，言论里不乏真知灼见，与她结伴消磨时光，时光将如梭。但向天好无论待她多么慷慨真诚，她永远会在哪怕只是极小的好处、利益面前，表现出舍人为己的自保倾向。刘静好小说中的男女之爱也很少有不是满目疮痍的，仅从人物关系上来看，这些被推到中心的女人们几乎都是寒碜人生的代表，无枝可依。

从情绪宣泄的意义上讲，我会非常喜欢《每天都在等死》这样的小说，质地冷硬不管不顾，好像世界就是用来投掷匕首的盾牌，不管是命中还是滑落，作家所关注的只是那个动作。"我需要休息。在现有的生活和现有的秩序里，我压抑而悲伤，情绪就像吃撑了的肠胃，饱胀得几欲破裂。然而，仅仅是休到第四日，我便感到无所适从。我没有任何出远门的打算，这个我已经吃喝拉撒了二十多年的城市，也没有什么值得我贪恋的景点，我休假的初衷不过是想什么都不干地吃吃睡睡，把大街当成自家的浴缸，自由自在地浸泡几天。我原本以为，这将会是很惬意的。第四日的傍晚，我无缘无故地擤出一摊鼻血，这使我忽然止不住地悲从中来，仿佛自己得了绝症。我曾经很肯定地假设过，如果我有朝一日得了绝症，我绝不悲观，也不懊丧，更不会治疗，我要开开心心地等死。"很像是一首文艺小清新的歌曲，遍尝人世的荒凉，失恋，跟不喜欢的人周旋，被父母和周围的人们裹挟着，找不到人生的方向，于是她只剩下冷眼刻薄和自我放逐，"人一生下来就在朝着死亡线奔跑。我的亲爹，他已经胜利地冲向终点，而我，还在慢慢地跑"。《无氧呼吸》中邓秀美则是另外一种宣泄，是充满戾气无理性地对外宣泄，她最近肝火总是旺得出奇，老觉得全世界人都在跟她唱反调，没忍住就想修理他们。她渴望自己是一个饱读诗书的人，受人尊敬、爱戴，有体面的工作，事与愿违，她为此而痛苦，长时间地痛苦。她跟女友王芳闹翻之后，"她恨透了王芳，恨透了跛子老太，连带着一起对陆卫东恨得咬牙切齿"，跟老公过不去在家庭琐事上斤斤计较带着一种虚张声势的先天不足，处心积虑地制造一个外遇事件，但是这些都不能解决她对世界的不满，没有什么能够解决她内心真正的缺失，就像生活中的那些麻木的空心人一样。

刘静好的几篇作品，我比较喜欢《但为君故》这个中篇，世界看起来就像是偷窥到的邻家生活，冰天雪地的灾难跟细微平凡的生活形成参差的对照，而三个女人在狭小的空间里互相碰触着彼此的心结，而动作却绝不超越幅度，疏密远近都控制在恰当的范围，这些都考验着作家的能力。刘静好的文字风格跟她所追求的应该是在一个频道里的，虽然有点过于单一，但这并不是一个非此即彼的命题，除非作家自己意识到了改变的需要。所有的文字风格都不是那么简单地属于一个作家，毕竟它们都是之前无数文本的碎片堆砌而成的，我们使用的几乎所有语言，经过数亿次使用，早已陈旧、锈蚀，变得贫薄且面目模糊，如何去因着所注视的世界不同而反身寻求那些恰当的词语，是永远都无法停止的工程。

我们很难避免要一次次地面对这样的问题，决定一部文学作品优劣或平庸的标准是什么？思想深刻、忠于生活、形式创新、内容与形式的统一、文字新颖、复杂的道德情境和新的问题争执、富于想象力的场景、细节完美具体的呈现，最重要的是原创性。当然还有各种一时一地的标准，许多作品其实是完全可以昭示一个作家到底有没有未来的写作空间的。在对刘静好作品的阅读过程中，我不断地闪回各种已有的观念，她所呈现的文学世界依然在当代文学所顺延而下的范畴之内，都市男女、世态百相、爱恨情仇，世情的知冷知热，文字的温和细腻。正是如此，往往是驯顺地模仿过去和生活，而面对这样一种风格的作家，提出如上诸种大而化之的要求也是不恰当的，唯有祝愿她继续待在自己谙

熟、舒适的世界里，世界和时间、实践所能指引写
作的，远比人类的认识要多。

去看一看深渊

——曾楚桥小说论

在写作这件事上抱团取暖可能往往与期望是背道而驰的，任何一个概念既能给予你把握寻找生活的能量，也以同样的幅度限制你看到远处的山水，往往是匆忙地跳入到一个陷阱中去，代价是要用多倍的时间走出来。无论是地域是底层，在一个作者个人的世界小于或等于概念的边沿之时都需要抵挡概念和抱团的诱惑，而一个拥有充沛丰赡个人世界的作者，无论是概念还是意识形态往往会被迫表现出面对它的无能为力。曾楚桥的小说可能还是走在一条边界上，他在努力地理解生活，不畏惧这个庞大膨胀的怪物，他的小说都有一个跟时间上共始终的主人公，但未必是主角，好像他的作用就是撕开生活的一个口子，去看一看深渊。有时候他也借着主人公之口贩卖一点生活哲学，好像暴露了一个观望者的野心，要在这个庞大的物体上划下一条线索、一道痕迹。小说《胡石论》的开头就像主人公们出没的城中村一样复杂而暗流涌动，两个街头混混的打架事件，急转到"我"对爱情的回忆和城中村的奇遇，每一个事件几乎都是一条宽阔的河流，扭接在一起是令人没有方向的河汉。作家在这里几乎保持了一种"业余"的态度，没有斧凿与设计的痕迹，仿佛自由跳转到小说中主人公们的视角一样，随意粗俗没有章法，想到哪里就是哪里。一边是我的个人历史，"我"来自乡下，在工厂的流水线上做过普工，生活拮据，穷到没钱和女友去开房，被女友不明所以地甩掉，"活到要被人甩的地步，不打架能活么？还有意义么"？在街头打架成了"我"的生存方式和谋生手段。另一边是"我"偶遇一个风韵犹存的中年女人，被邀请去参加爱情大闯关的游戏，获胜者除了得到丰厚的奖金之外，还有份极为神秘的礼品。这份礼品可能是你一生为之追求也追求不到的礼品。胡石这个名字是以他说过的一句话的形式出现的：无论多伟大的女人，在男人的怀抱中都会变得渺小的。之后胡石就不断出现在他的闯关游戏中，决定了她们的思维和生活，指导着她们的人生，最重要的是也几乎就是这个社会的某种规则。就像"我"所抱怨，胡石真是看透了这个社会，一点都没走眼，这就是一个变态的社会，一个道德混乱的社会，一个人狗不分的社会！爱情大闯关的游戏好像就是一个现实社会的洞穴，不知道是真是假，似真似幻。半老徐娘作为游戏结束的安慰奖跟"我"在一起，让我重新获得了在生活中失去的性爱能力，半老徐娘却是另一个街头混混的女友的妈妈，三人在房间相遇好像真实与幻境的碰撞。小说结尾处，胡适这个历史名人非常反讽地出现，但是他也只是一个没有任何价值的人名，在这个世界里陌生而无法生根，像蒲公英一样四处纷飞到处落地生根。"我"决定退出江湖，对打架失去兴趣，不再受任何人的论调左右，过正常人的日子。这样从混沌中走出来的"我"仍然带着不真实的面纱，不是从河汉交织的故事世界走出来，而是从生活的黑洞中爬出来，继续过从前的日子，像什么都没经历过一样，没有失去也没有成长。

《榕树上的怪鸟》在结构上跟《胡石的江湖》有一种类似的轮廓，但这篇小说的线索要清晰简洁得多，故事推进的速度特别快，好像是在延用一种爱情罗曼史的方式，来接近和试探现实。在城里打工的汪生，是极普通的打工者群体中的一个，他与西门子邂逅于风流底第三工业区。一对青年男女的相遇，以及他们的姓名，都有一种荒诞的味道，"这正是工厂的下班高潮，吃腻了工厂食堂的汪生裹挟在乱哄哄的人流里，准备找个快餐店解解肉馋，忽一阵香风扑鼻而来，汪生如猎狗一般伸长了鼻子在四周围嗅，一下子就嗅到了别人身上来了。汪生正想向人家道歉，抬头，张大了嘴却成了个哑巴，霎时间惊为天人。那就是西门子了"。而所谓的爱情罗曼史的条件根本不成立，汪生想尽一切办法接近西门子，西门子对他却没有感觉，只是把他当作对付有权势已婚男人的挡箭牌。在两个男人的争风吃醋中，西门子也从没有站在汪生一边，她还是投向了对面的男人。汪生离开工厂以后，在门口摆摊并且在百无聊赖中发明了一天一首情诗的方式，写诗这种方式不合时宜而又突兀，汪生的水果摊生意和诗歌不但没有唤回爱情，反而让西门子迅速跟另外的男人出双入对。汪生的爱情诗发表之后不久，他拿着刊有他诗歌的样刊去找西门子，西门子就是一口咬定汪生故意写诗来污辱她的人格。西门子把汪生的书扔到大饭堂油污污的地板上，踏了两脚气鼓鼓地说："什么狗屁诗歌，骗小孩的玩意罢了！"失恋的汪生被母亲骗回家结婚，汪生不想违背母亲的旨意，更重要的是，汪生在西门子那里受到了重创，他得找一个疗伤的人。失恋的汪生被家庭暂时挽救，但是妻子为他带来一个来历不明的孩子。

汪生逆来顺受，完全不像我们经常在小说中所遇到的那种具有强大自我意识的人物，他拉起人力车进入了养家糊口的行列，并且也在生活中找到了平衡点，喜欢上了这个别人的孩子。后来离家出走，还是因为西门子，西门子因为跟主管的爱情被原配赶走，后来在度假村傍上大款，汪生的劝说被西门子无视和嘲笑。在汪生妻子疑似患上绝症之时，未婚怀孕的西门子却主动来寻求帮助，并且难得真情流露，汪生把给妻子治病的钱拿出来帮她打掉孩子。事情完结后西门子不辞而别，汪生被西门子这个铁石心肠的姑娘严重伤害。他以一见钟情开端，继之以持续的爱情关爱模式，甚至是最柔软温情的诗歌，试图去感化一颗钢铁般坚硬的女人心，可是这颗心从来没有打开过，它遵守着实际的原则铤而走险，丢弃普通人的伦理和生存法则，宁可自我毁灭，也不想那种注定贫困的爱情。

荒诞的味道在故事的推进中一点一点散去，只剩下悲凉和无奈。小说的结尾，生无可恋的汪生毫不犹豫地就爬上了大榕树，一直往上爬到树顶，"这时，一只巨大的鸟巢出现在他眼前。此刻鸟去巢空，只余一支黑色的羽毛，寂寞地躺在鸟巢里。汪生爬上鸟巢，发现鸟巢十分的牢固。他折些树枝稍事修葺，居然就可以睡觉了。这个发现让汪生暂时打消了往树下跳的念头。因为他太困了。他什么也不想，很快就在鸟巢上睡着了"。这个被孩子们认作怪鸟的汪生，好像是人们逃离困境的隐喻，也可以看作是卡夫卡似的又一种变形计。

《灰色的马》相比以上两篇，从技术处理和细节呈现上来看都更为成熟，更容易捕捉到那些貌似无意中洒落的种子：两个男人与一个男孩之间的那种无言的传承，权力对人性的规约，性的暗语在他们之间几乎是无缝承接，是另外一种风流底的故事。小说用男孩松子的眼睛仔细地描述了一个权力中心的男人刘头，他的嗜好和身体特征，他骑匹灰色马，每次来松子家都是把衬衫往肩上一搭，露出胸口一道黑毛，从马背上跳下来就无所顾忌地踢门。门是开着的，但那男人还是要踢，把本来就不太结实的木门踢得摇摇欲坠。他的火气十足，他在母亲房间里说得最多的一句话是："老子腰缠十万贯，骑鳄下扬州啦。"接下来是松子的父亲，一个软弱无力的男人，默许容忍了妻子与强势者之间的性行为，因为妻子的身体将会给他带来一份刘头许诺的正式职业；另一方面，他又陷入心灵的困境，周遭的舆论和生活压力裹挟着他要去维护和重建男人的道德。

松子父亲与月梅之间半推半就的当众性交易事件正暴露了他内心中强烈的报复动机和正常需求，也可能是当地世风民俗的一种反映，在此处跌宕起伏的文笔可能是在消解我们太容易在此处获得的文化解码。松子父亲在月梅的身上如出一辙地喊"骑鳄下扬州"的举动反证了他内心的软弱，这是对强势者刘头的拙劣的模仿，当刘头终于为他在旅游区谋取了一份管马的工作后，他竟然也学刘头一样赤着上身骑马，而且同样露出赫然的胸前黑毛。小说的最后，松子骑在马背上，悄声对灰毛说："爸爸，我现在是有钱人啦，我们现在下扬州去吧。"这个沉默禁语的观察者，终于也走上了强者和伪强者的道路。这篇小说中的叙述者相对于其他两篇小说，更为冷静沉潜，生活已经被抽离成一幅风景画，一股强力让人跟那个混沌不明的世界拉开了距离，这是作者意识强化的标志，但在这个现象面前，很难给出好坏的判词。许多细节从仅仅具有时间流逝的表征之外，到具有功能和象征的意义，从来就不是一个步步为营的结果。

在曾楚桥的几部中短篇中，《幸福咒》是一篇相对比较特殊的小说，干净整洁的气质从交待灵堂的语气中散发出来，跟之前小说中那种浑浊荒诞截然不同，还有一种叙述者的温情非常自然地流露，来顺的女人走远了，有人就叹气说："死鬼来顺真他奶奶的没福气啊，这样一个好女人也享不住！"这种自由间接语体，在叙述者、来顺的工头工友们、来顺的女人之间迅速完成了递接，并且融为一

团。于是类似人物为主人公的小说中悲壮暴戾之气
也几乎消弭了，"女人流干了眼泪也换不回丈夫的
生命。还好赔偿的事不用女人费太多的周折，工头
都给建筑工们上了保险，保险公司赔了七万多元。
而工头出于人道主义，也拿出了两万元，加起来女
人就差不多领到了十万块的赔偿金。女人对此实在
是没有什么好说的了。村里的石场前年炸死两个
人，每人才赔了不到两万块呢"。唯一推动故事情
节或者说制造矛盾的是迟到的和尚，因为他的迟到
工友们闲的无聊只好在灵堂内打麻将，女人也就被
差遣着做各种事，工头给了假钱也不好声张，她默
默地回想来顺的各种美好。在这种沉闷和内心戏
中，热闹的局面开启，工头的两个情妇同时来到现
场，她们打麻将，争风吃醋，最后血拼。和尚来到
之后是各种加码。灵堂的氛围无端加剧了情绪的内

敛沉重，玉珍始终是一个承受者，她无法讨价还价，无法拒绝工友们的要求，无依无靠，最后隐忍地计划好跟老公一起死去。但是这个让剧情走向死寂的结局没有完成，玉珍没有死成，她醒过来立刻要回到乡下去。前面她的沉默好像是摄像机一样，把一事一物都收入眼帘，而选择去死和最后要立刻回到乡下去，才是她的立场和态度。

曾楚桥还有一些短小精致的作品，比如颇有世情故事的遗风，《余生》中两个伤心的男女，在一个荒废的小院子里相遇，交流彼此的人生过往，像鬼魅的心愿故事。这类小说宣告着风和日丽不再，但也不导向任何对生活的理解，正如这类小说轻巧的体积。曾楚桥说自己在写作《余生》过程中，一反过往瘦硬生冷的语言，而是温柔且韧性十足展开叙述与描写。当叙事不再急吼吼地朝着目的地狂奔而去时，它便在应该停留的地方有了足够时间的停顿。这个停顿是什么？是白头宫女闲坐说玄宗的寂寞和平淡，还是脱离远离尘嚣之后的沉静？《余生》大概都做到了，有一种禅意和玄机在小说中。但是这种诗意和圆融的小说，似乎也是小说家的爱恨交织之地，把玩的乐趣和寻得的喜悦都是不言而喻的，但它天生的不可重复几乎就是阿喀琉斯之脚踵，这是一片没有多少深入空间的土地。

另外，曾楚桥的语言是跟随每一个故事而变动的，比如《榕树上的怪鸟》的怪诞拖长，《失语》的简单整饬，可见他一直注重语言与所叙述之物的温和匹配。

评论家王干对曾楚桥的评价颇为中肯："他的小说是一种有叙述质感和叙述理想的作品，他不像一些作家在纷纭复杂的生活中拟出简单的线索，加以编纂，筛选出所需的生活现象。他的小说有些不惧畏生活中的那些乱象，他不去简单梳理生活中的线索，有时故意放弃已有的线索，而刻意呈现生活的原生状态。曾楚桥的叙事者是超然于出租屋之上的，他的叙事基点不是底层，而是对底层叙事的一种调整。他只是借着那些原生态的生存者来讲述生活和人生的本相。"在我有限的阅读视野之中，曾楚桥是相对陌生的，但也的确给我带来了一些惊喜，有许多未明的云层升起，看到那些混沌和不经意的痕迹，猜测作家是如何处理，在赋予作品一种个人解读的时候，也会及时回撤反思自己有没有过度的嫌疑。能够在一个作家身上看到模棱两可，看到为难而不是各种成全，也是一种欣悦，一个有责任的作家不会迁就自己的舒适区，一个在十字路口徘徊的作家难以掩饰自己试验各种方式去附丽被选中生活的愿望。曾楚桥的作品能够让人感受到何谓好小说的艳丽诱惑，也有目的地虽在但无路可走的困惑，写作的前路茫茫，像生活本身一样除了体积臃肿，还有大地和天空的宽广。但我始终觉得曾楚桥这种以各种试验展示出来的文学上的游移，可能比过早的不恰当的笃定，拥有更长的未来，以无限对无限也许是不需证明的公理，公理之下才是切实的生活细节和风格的建设。

你不无浪费地在离开家或旅馆的时候不关灯，不是为了证明你存在，而是因为过剩的多出来的那一点点本身就有一种生活的气息，就很奇怪地有一种活着的感觉。一个作家的小说如果能有一种活着的感觉，应该也是一种至上的标准吧。

城市之光

——钟二毛小说论

细读钟二毛的小说，我们可以发现，这是一个对于小说的结构并不太过讲究的作者，这也确实是一个看了开头却实在无法猜出结尾的小说家。在他笔下，故事似乎永远具有无限延伸下去的情节潜力，一如生活本身一样自然而富于变化。在他那里，无数的波澜与看点此起彼伏，漫无边际却无比动人。小说犹如不断生长的竹节，显示出无穷的生机和活力。

一

在小说的世界里，钟二毛总是用自己的方式，关注城市中产阶级的生活形态，聚焦他们光鲜的都市传奇背后不为人知的苦痛与无奈，倾听他们与命运搏击时灵魂撕扯的声音。在《洗尘》的题记中，钟二毛如是说："我笔下的这些男人，生活如此混乱。我想，除了性，他们一定是在找什么。当今中国，很多人都这么生活着，活在感觉里，空空，荡荡。"每次看到这样"语重心长"的说辞，都忍不住会为作者捏一把汗，在这个颇为郑重的"洗尘"故事里，我们生怕作者会不由分说地将其编织成"肉体走得太快，等一等灵魂"之类的"鸡汤文"。不过好在，"鸡汤"虽好，却并不"贪杯"。事实上，问题正在于，如何安顿那些欲望的城市里毫不安分的灵魂，正是小说试图抚慰的情感症结。

确实，《洗尘》的主人公郭伟东是一个中型企业主，资产早已不是有房有车这么简单。但他身边的同类人，那些老板们在生意之外，都在追逐女色、游戏人生，这使得郭伟东不得不时时游走在欲望泥淖的边缘。作为一个"文化人中的商人，商人中的文化人"的角色，郭伟东亦是一个媒介时代如鱼得水的人物。他懂得一切危机公关的奥秘，但他无所不能的功力，在更为强大的钱权势力面前，也不得不失去效力。为了生计，他不得不在那个圈子里艰难地相遇、交游乃至逢场作戏，为了自身利益而虚与委蛇，小心翼翼地周旋于各色人等之间，又不忘秉持洁身自好的道德操守，然而一切哪能如他所愿？当他得陇望蜀地试图帮助他人荡涤那过于混乱的生活，以"四十不惑，当找回自己"的期盼，去当一次拯救者时，那个光鲜的圈子也终究显出它狰狞的面目来。于是，"一个要拯救他人的拯救者"，终于"把自己埋了"。

这也似乎是告诉我们，欲望的时代里，不愿随波逐流的"异乡人"，他们所需承受的代价。为了显示现实的荒诞，小说设置了一个颇为反讽的结尾：当郭伟东以消灭男女出轨为目的的"蓝绸带"基金成立的时候，他居然戏剧般地遭逢了方丈还俗的奇闻。是的，"这个世界就是这样，所有的人都在玩"，"连方丈都控制不住欲望了，何况你我凡人"。在这个永远的不夜城里，个人的得救如此艰难，却又并非毫无可能，而希望也正在这里。

钟二毛的小说总是如此执着地关注中产阶级的生活，描摹这个阶层的理想与荣光，分享他们的辛酸和困惑。《高速生活》呈现的就是中产阶级面对现实的压力、生活的艰难，以及他们荒诞的城市处境。姚奋斗这个匡扶正义的小记者，非得让现实给他一巴掌，才知道社会有多虚伪。在此，城市的匿名性，它的浅薄与无情，都在故事的讲述中显现了出来。就小说的叙述而言，它的形式非常散漫，讲述的都是非常具体的现实问题，比如为了买房办假离婚证，以此显示现实的荒诞，而其他诸如小孩入园难、买房难、股市的混乱和创业的艰辛，也都不同层面地展现了普通人生活的不易。在作者笔下，中产阶级虚妄的理想注定要遭遇挫折，"理想是鸡蛋，现实是铁蛋。鸡蛋碰铁蛋，注定要完蛋"。而社会法则的真谛在于："不要脸，不要脸，坚持不要脸。"这种卑微的境地或许早已让这个曾经不可一世的阶层愧疚不已，"小时候，以为自己长大后可以改变整个世界，等长大后，才发现整个世界都改变不了自己"。对此，如何坦然面对？或许也只能像故事中人一再感慨的，"生活不易，全靠演技；把角色演成自己，把自己演到失忆"。

小说固然呈现了中产阶级一地鸡毛的生活，"什么都在涨，汽油、鸡蛋、猪肉、学费、地铁、利息……除了工资，全在涨，翻倍地涨。人的个头也涨了，衣服全穿不下了，一上街，服装涨了"。然而，还得顽强地活下去，"因为墓地也涨了"。当然，小说通过故事的讲述，也极为委婉地体现了中产阶级的虚伪与唯利是图，"与有缘人，做无耻事，赚钱我就干！"这几乎已经是这个社会通行的法则。而通过小说中人物的行动，我们也赫然发现，自媒体的媒体正义竟然早已蜕变为敲诈的盈利模式，而所谓的微博监督和媒体运作，其实说白了就是当下被明令打击的"网络水军"，这也是令人万分痛心的现实。就此而言，中产阶级所牢固守护的理想、良知和底线，其实早已承受着重重考验。

就叙事渊源而言，《高速生活》正是长篇小说《小中产》的"缩略形式"，甚至连主人公都没有变化，还是记者姚奋斗和公务员柴美好这对80后小夫妻，他们大学毕业，奋斗多年，终于有了稳定的工作和可观的收入。然而即便是有房有车，生活体面，但真正的中产生活还没来得及幻想，就被现实撞得头破血流。二套房、假离婚、孩子上学、老人看病、投资理财、辞职创业……一系列焦虑而令人悲催的生活，在一地鸡毛的闹剧中让人啼笑皆非。

小说正是以这样的方式解读"中国式中产"，如他
所说的："我无意渲染中产阶层的悲催，我有意写
出中产阶层的困惑与反思。小家庭，大时代，记录
中国近10年的变化与进程。"小说以轻松、爆笑的
语言，描述当今中产家庭的困惑和无奈，通过这种
故事的剖析，解读"中国式中产"的物质与精神形
态，由此反思一个新兴阶层的困境。然而，为什么
会这样？这些问题的根源在哪里？我们要反思的地
方在哪里？这些也正是小说通俗可读的故事背后引
人深思的东西。

二

钟二毛的小说篇幅不长，寥寥几笔便极为真切
地勾勒出城市与乡村烙在人们心底的情感体验。在

《爸，我和你说说话》中，作者借主人公给父亲上坟时向父亲诉说自己的成长和怀念，极为素朴而真切地呈现了一个年代的侧影，由此也显现出一个普通的父亲和家庭的温暖；《大雾》则展现的是满叔闯荡北京的经历，及其悲苦和卑微的过往；在《三舅的动物园》中，动物园的建设者，作为建筑工人的三舅，他最大的理想就是带儿子小笛逛一次动物园，然而如此卑微的诉求却也绝难实现。在此，劳动与劳动成果的异化这个古老的主题，被小说以如此的方式呈现出来，也确实令人心惊；《雪冷血热》中的主人公在欢乐的时刻无奈地走上了杀人之路，而小说中艰难的牛牯子，用他的勤劳与智慧在城市里讨生活，却也难逃被人欺骗的命运；《对不起，我是骗子》（又名《红人》）讲述堂哥进城的故事，反思城市之间道德差异所引出的异化命题。

小说中的堂哥因缘际会而成为"中医犀利哥"，他以卖药煎药为生，因其效果极佳而被媒体热烈关注。就这样，乡下人进城的故事得到重新书写。然而最后，也因为媒体网络事件的裹挟，从"中医犀利哥"到"白头山"，无孔不入的利益驱使，使得整个事件变了味道。但故事尤为感人的是，堂哥终究显示了自己的淳朴与执着，可遗憾而略显讽刺的是，他的那句"对不起，我是骗子！"的自白却没有人愿意相信。

"月拢沙"系列小说是钟二毛思索城乡关系问题的重要成就，在这一类的小说里，作者难得地写出了湖南农村那种自然清新的气韵，文本之间弥漫着的浓郁乡愁，也见证着现代人浪漫主义式的都市怀乡病，那些侨寓者的伤感皆令人动容。

小说《回家种田》的追问在于："我们是农

民，为什么让田野荒废？"然而在小说里，这样的追问却成了一句真正的"疯话"。"十八岁，出门。不是远行，是打工。"现实中的人们，谁也无法改变这样的命运，而那些离家的年轻人最后都被可悲地钉死在城市里，"回家种田"成了一种极为奢侈的理想。"我想住过一晚就买票回家。离开密密麻麻的窟窿，离开密密麻麻的人头，离开高楼大厦，离开您好对不起谢谢，离开莫名其妙的哭泣。永远离开，不再回来。""回到大瑶山，我的月拢沙。跟禾苗作伴，与稻田为伍。"这当然成了一种不切实际的梦想。不然为什么小说又宕开一笔，去描写香港的经历。毫无疑问，作为城市形态而言，香港是深圳的极致版本。因而这里势必包含着一个和善却无比残酷的逻辑，而资本社会的坚硬之处，也正在于它的伪善和无情。小说最后，"我"终于

带着自己的决绝从城市逃离，但也无法获得最终的
拯救。小说中最有意思的地方是结尾那个意味深长
的"补给"："回到月拢沙，爷爷的第一句话是，
田包给外地老板搞养猪场了"，在此，一种令人震
惊的荒诞，一种无家可归的绝望感油然而生。

　　与《回家种田》相似，《回乡之旅》讲述的也
是从城市返回家乡（乡村）的故事。在这个故事
里，城市的虚情假意、尔虞我诈让人心生厌恶，为
了逃避这一切的不如意，进城的人决定回乡。在
此，就像所有浪漫主义文学关于城市与乡村的叙述
一样，只有家乡才交织着美好的过往、心灵的悸动
与感念。正如小说所写到的："午后的阳光落在翠
绿的树叶上，滑下来，成一地的碎银子。我看着一
排排坐在花圈店、寿衣店、棺材店门口晒太阳的老
人，心如止水，感觉我就是这里的一个土生土长的

街坊邻居。"甚至为此，都让人无比怀疑进城的意义，"这些老人偷走了我的青春，让我变成今天的中年胖子，为了名利，为了前程，远离故乡，唯唯诺诺，战战兢兢"。然而现实中家乡的巨大变化，乡村的消逝，又使得一切都被笼罩了伤感的情绪。

除此，《十三号》也意在讲述"月拢沙"令人揪心的文化新变。小说讲述的是十三号洗脚工极富传奇色彩的人生经历，通过他的描述来体会家乡发生的变化，在此，底层的藏污纳垢，乡村被城市所侵蚀，其价值观的蜕变令人心惊。小说最后的感慨犹如乡村的挽歌一般萦绕耳畔，"我在寻找回家的路，回我的故乡，地处湖南大瑶山的月拢沙。可，在梦里，我就是找不到方向。那些白白的，不是大马路，是干枯的河滩。人声鼎沸，火光冲天。我左顾右盼，眼看故乡就在眼前，却迈不出一步"。

城市之光

三

　　对于理想的渴望，是钟二毛小说另一个极为重要的亮点。在这样的时代，理想之类的说辞虽然显得廉价，却终究无比温暖。在这残酷与艰辛的城市逻辑之中，唯有坚守的理想才具有蛊惑人心的力量，犹如微茫的城市之光，照亮人心。

　　《黑吉他》可以说是一篇向所有热爱理想的人致敬的作品。主人公狄安这位"天堂"酒吧的首席摇滚歌手，在他热情追逐理想的道路上遭遇的挫折不禁令人扼腕叹息。这位来到城市八年之久的青年，他的理想就是"认认真真地摇滚"，好好表达"内心要说的话"，然而这个自强不息的神话终究宣告破灭。就像小说所说的，狄安之所以没有打赢和有钱女人张温馨的持久战，正是因为狄安被自

173

已击败了，被硬邦邦的生活击败了。他不得不匍匐于这个时代的金钱法则，这就是生活，硬邦邦的生活。而狄安的摇滚梦想，理应代表着放浪不羁的自由，也随着他的失败，恰如其分地表征了这种自由的虚妄本质。这样的时代，摇滚的自由理想已经变得非常廉价，而更多呈现出狄安的弟弟狄静，所表现出的摇滚的颓废一面。小说最后，从绝望中重新振作的狄安默默地将吉他漆成了黑色，"一把燃烧的黑吉他，刺向天空"！这是代表了死亡及摇滚的堕落与颓废的颜色。然而我们却能从这种黑色中辨认出一种坚定与执着，一种对于理想的信念和明知不可为而为之的勇气。

《旧天堂》也是一篇事关理想如何安置的故事。旧天堂，是一个二手书店的名字，而小说本身也正是一个关于书的悲情故事。在此，三万册旧书的命运，被认为是城市命运的象征。因而"旧天堂"这个藏匿在偌大的旧城改造小区里的小书店，也无疑寄予着发达资本主义时代的田园诗梦想。众所周知，书籍是人类进步的阶梯，文明的标志，然而在深圳这个发达的资本主义世界，文化成了一片荒漠，书籍的缺失恰是文化粗鄙的明证。在这个时代，如何做一个本雅明意义上的收破烂的抒情诗人，这是一个问题。这也似乎印证了小说主人公在一个肮脏的世界，偏偏要去做一个纯洁的人的意义所在。是的，这并不矫情。就像小说所讲到的："我整整写了三百六十五天的公关稿，产品介绍、新闻通稿、话题炒作，雇佣'水军'、买通版面、诬陷对手，等等。要么恶心自己，要么恶心别人。"在此，平凡的日常生活总是让人陷入厌烦。不过，好在还有书店。"不管有多晚、有多累，我都会去他的书店里待一会，像只傻鸟，被他牵着手，来到我熟悉得不能再熟悉的诗集书架。我有时会打开一本读了部分内容的诗集，找到折过的页码，在白炽灯管下默念一首短诗。有时什么都不干，靠在书架上，喘口气，休息几分钟。"这是一种朴素的理想，也是一种获得心灵慰藉的重要契机。小说的隐喻意义在于，在这个城市里，当你越来越接近成为一名成功人士时，你就离书店和书籍越远，因为成功意味着没有时间，意味着忘记书店的存在。这也是在这个伟大的国际化城市里，以书籍的阅读为核心的"大榕树"的命运所昭示的文化意义。

除此，钟二毛的小说也自有其创作题材的丰富性和创作方式的多样性。比如他的那篇《未知的力量》讨论的就是乳腺癌的问题，小说隐含的追问也在于，能不能接受被割去乳房的女人，而故事所告诉人们的道理或许在于，看透了生死之后，所有的一切又算得了什么呢？于是功成名就的主人公，突然放弃一切，在某个雨夜里启程，去寻找初恋，这样的勇气便不会令我们惊奇。如作者所言："这个世界上，总有一股未知的力量在召唤我们，但一万个人都会趋利避害，假装听不见。只有他，我笔下的主人公，听见了，并且追随之！"这是一种幸运。这个小说也让人想到作者早期的长篇小说《爱疼了》，这位"一直在试图打通纯文学和畅销书之间的秘密通道"的作者，曾经讲述过同样的事关城市疾病的故事。安郁东的两个女人都不幸染上乳腺癌这一致命的疾病，而这似乎又与某种普遍的社会寓意相关。小说最后，故事以颇具戏剧性的结尾昭示了作者的写作目的：乳腺癌就在我们身边，我们

必须充分了解这个"异样"的疾病，因为只有充分
了解才有可能正确面对，面对疾病和不幸患有疾病
的个体，以及与之关联的爱情、婚姻和家庭；乳腺
癌不仅仅是医学界的事情，也不仅仅是一个男人或
者一个女人的事情，它是全社会的事情。这样便使
稍显狭隘的城市主题，顺理成章地上升到一种普遍
的社会寓言的高度。

城乡对峙中的温情与愤恨

——郭建勋小说论

在郭建勋的小说中，人们如此渴望城市，为此逃离乡村。然而在一番苦痛的挣扎之后，他们又赫然发现，城市绝非完美之地。无望的叛逆也终将沦为无奈的坚守。在他这里，城乡对峙的紧张总是在小说紧要的关口悄然呈现，而氤氲的情绪中，被遮蔽的边缘者渐次呈现，他们悲苦无依、暗淡无助的人生命运被不断描摹和剖析。这也让人想起刘易斯·芒福德在他的《城市发展史》中所谈到的："城市总是不断地从农村地区吸收新鲜的、纯粹的生命，这些生命充满了旺盛的肌肉力量、性活力、生育热望和忠实的肉体。这些农村人以他们的血肉之躯，更以他们的希望使城市重新复活。"①这也就是城市的残酷所在，它在给予农村人金钱利益和幸福许诺的同时，也使他们的个人自主性丧失殆尽，甚至剥夺他们的生命。

---

① 【美】刘易斯·芒福德：《城市发展史》，倪文彦、宋峻岭译，中国建筑工业出版社1989年，第42页。

一

　　郭建勋总是对城市保持十足的敌意，他的小说刻意凸显出城市化变革之中对于传统伦理的守护，这也显而易见地显示出其文学叙事的象征意义。比如《面》的主人公做面的技艺，比如《树》中的人们对于古槐的守护，再比如《斩断黄河水不流》里迷恋唱花鼓的炳锋，这些旧年风物的价值，都寄予了别样的深情和寓意。作者也借此表达出一种乡村理想的坚持，显示出在急速的变化之中对于某种不变之物的坚守。

　　乍看上去，小说《面》有点像是一篇透露着古典韵味的改革题材小说。它热切描述过往改革小说所热衷讲述的人性嬗变的故事。小说中，二根堂客的所为代表着现代人的欲望和贪恋，她通过出卖身体来获得物质回报，这样的行为被秉持传统伦理的乡间社会所不齿，以至于在整个村庄里，"去深圳打工"都成了肮脏的代名词。然而，与"去深圳打工"相对的是，小说中还非常详尽地描述了干树坪人吃面的习惯。小说不厌其烦，甚至大张旗鼓地描绘了这里人做面的场景。这并不是简单的技艺和风俗习惯，而是被赋予特殊内涵的象征性行动，确切来说是一种传统生产方式确凿在场的依据。

在此，小说中擅长下面的泥坨，某种意义上是作为传统伦理守护者的角色出现的，他固守乡土，虽热切地向往外面的世界，却依然固执地留守在乡村，代表着对传统信念的坚守。然而终于有一天，在席卷而来的现代欲望面前，传统伦理终究面临考验。泥坨一贯得意的生活受到他人的挑战，"干树坪竟让个堂客卖B的人坐了头把交椅"！出于屈辱和道德义愤，他一怒之下，"偷了家里的农药化肥钱出去打工了"。小说在此，清晰地体现出城市与乡村的对立，小说通篇没有正面触及有关城市的只言片语，却在这"看不见的城市"里，清晰地呈现了二根堂客的堕落和泥坨的罪恶。一切都显得嘈杂而纷乱，与乡间的宁静温暖大异其趣。

小说最后的情节出现了意料之外的反转，二根的堂客因病回村，而二根本人也用实际行动重新赢回了脸面，然而他是如何在干树坪重新赢回脸面的？作为城市病症的受害者，他正是重拾泥坨当年的技艺——做面——这个仪式性的象征行为，赢得了传统伦理的支持。而小说颇有意味的地方在于，归来的泥坨也在重新下面。作为一位在城市混得风生水起的现代人，他颇为自傲地在传统技艺中添加了其他元素，这也令从前的食客无所适从，"每人一碗端在手里，却大眼瞪小眼，不知道怎么吃"，小说就这样将城市与乡村的故事，落实到传统与现代的寓言叙述之中，给人无限的思索空间。

　　与《面》相似，小说《树》也始终贯穿着乡村的淳朴与城市的奸猾。在此，小说中的树生，无疑是乡间伦理的守护者，对他来说，"最有名的却是两样：一是篾工；二是打鼓"。然而故事最令人心碎的现实在于，"不知道哪一天开始，破篾的活闲了，打鼓的活也闲了。破篾的活闲了是村里人出去打工了，不种田不种土了，竹器用不着了；要命的是，也不睡睡席了，睡一种叫做麻将席的席子，重要的程序都是机器代劳了。打鼓的活闲了不是村里不办喜忧二事了，而是办喜忧二事的时候不请乐器班子了，也不是不请乐器班子了，而是不请原来那个乐器班子了，而是请洋乐队"。

　　小说在此流露出的是一种对于时光无情流逝，时代变迁的怅惘之情。而有关旧年风物的缅怀，所寄予的也是一种现代性的反思情绪。小说的悲剧意味也由此呈现出来。故事中，树生一个人在孤独而绝望之中与树的交谈令人动容，树生说："老李，树真的能听的。在家里的时候，我就经常打鼓给树听，树听得懂。黑妮给树说话，树也听得懂。但城里的树听不懂，我试过很多次，给它们打鼓，给它们说话，它们都听不懂。"这里显示的是一个不合时宜者的刻骨愤恨，他似乎妄图抵御这整个世界不可逆转的现实潮流，而就此彰显出的自不量力的野心，幼稚而单纯的勇气，也恰是作者写作诚意的显现。

　　小说中，如果古槐树确凿无疑地象征着某种传统伦理和民间理想，那么在这个意义上，古槐最后离奇死去的结局所暗示的现实意义便不言自明。就此，与风物相对的其实不过是人心的嬗变，比如寡妇黑妮的变心，这便是现实隐喻的一部分：城市化的侵蚀所带来的道德滑坡，席卷了整个社会，甚至包括原本淳朴的乡村。这才是最令人痛心的结局。

二

郭建勋的小说极为关注人物，他总是试图去塑造一个生动的形象，他们在城市和乡村之间艰难游走，用自己的经历演绎跌宕起伏的人物命运。《斩断黄河水不流》讲述"我"的远房堂兄炳锋的故事，他不幸的身世令人感慨，而那段尘封的往事，则见证着命运的潮起潮落。他的选择，他与命运的抗争，也是对生活中创伤的抵抗。小说讲述"我"

和炳锋的友谊与误会，从而叙述他命运的起落，他的辉煌与歧途，以及他那最终令人唏嘘不已的生活状态。

《饥饿时代》讲述饿狼卢一新的"黑历史"，极为生动地呈现了他那些贫穷而卑微的过往，以及他与食物匮乏所作的艰苦卓绝的斗争。小说中，我与"饿狼"的交往，显示了两个人极具传奇的跌宕人生。故事的讲述弥漫着从容的气韵，娓娓道来之中饱含诚意，而嬉笑间汩汩流淌的则是真挚的情感，亦蕴藏着对往昔的怀念之情。小说的标题"饥饿时代"其实极富深意，它既显示了乡村的匮乏和淳朴，以饿狼为代表的过往岁月人性的真挚体验，那些勃勃的生机，恰是人性原初状态的显现；而另一层面的饥饿，则无疑表征了这个以城市文明为新时代的社会原则。这是一个良善者永远也无法适应的凶险之地，"我"穿行其间，一次次落荒而逃却又卷土重来。小说中的我们共同见证了城市的欺瞒与不义，这是一个被金钱腐蚀的肮脏之地，一个狼性的世界，遍布着饥饿与贪婪，如何坚守自我，便显得难能可贵了。

正如评论者所说："郭建勋的小说以钢筋般坚硬的文字呈现了打工者的种种柔软与执着，还有边缘人群的种种寒凉与温暖，从一个侧面揭示出中国城市化进程特定阶段的特殊镜像和人生诸相。"[1]小说《暧昧》便讲述了边缘人群的城市适应问题，当然所触及的却是文学与世俗生活这样一个颇有些严肃而令人心酸的问题。小说中，卖烧烤的小李，卖鸭脖子的老杜，卖臭豆腐的阿古，以及卖麻辣烫

---

[1] 郭持华语，第四届深圳原创网络文学拉力赛获奖评语。

的"我"，这群舞文弄墨的半吊子文人，游走在城市的边缘，寻找着卑微的梦想。然而，这个粗鄙的城市是拒绝文学的，"我早看出来了，深圳这鬼地方不太讲套路，但我得固守点什么"。小说竭力在艰难的个人打拼与城市接纳之间，突显出文学的理想情怀和个人生计的深刻矛盾，却终究无力解决。小说最后，流浪诗人眼镜凭着一首《暧昧》获得了深圳户口，既是一个艰辛的有关个人奋斗的励志故事，却又不啻是这个城市有关文学的巨大讽刺。

小说《台风》围绕"蓝天大厦"的烂尾楼，完整地呈现了整个底层的生态系统，故事的主人公农民工赵水庚之所以来到深圳打工，是为了赚钱救治自己因卖淫染病的妻子。而一番辛苦之后，却因为工程"烂尾"而遭遇了拖欠工资的状况；为了顺利地拿到工钱，赵水庚委托性工作者的妹妹赵小双请男朋友——讨债公司的阿隆出面，向开发公司黄老板讨债；可外强中干的阿隆其实不过是个小混混，他讨债不成反而被黄老板一举制服，并被交到了派出所治安队长李保林的手里；而垂涎赵小双美色的李保林，借着这次抓住她男朋友的机会，准备向她讨占便宜……然而，就像所有的情节都注定导向悲剧一样，小说的最后，为了讨要工钱，赵水庚等人闹剧式的以死相逼，获得了一个真正意义上的悲剧结局，"最后李保林和赵水庚双双坠下楼去"。

与《台风》相似，《鸡鸭小心》也具有极为深厚的悲剧意味。这与其说是"水圭田创业史"，不如说是水圭田的生与死，就像作者所说的："想不到，这么个地方，三十来年就老了，反过来又像极了还躲在里面的几个小厂和一群来自天南地北的打工者，茫然地等着不靠谱的明天。或许，这就是命运吧，一个地方，一个工厂，一个人，都是这样的。"小说惊人地呈现了打工生活的残酷，在这里，死亡成了一件稀松平常的事情。从被大水冲走"小河南"，到那场大火夺去的十多条人命，小说以水圭田这个地方为核心，无意于渲染改革时代"旧貌换新颜"的发展主义神话，而是以极为边缘的姿态展现在此打拼寻梦乃至永远消逝的人物群像。就像评论者所说的："用朴素的叙事语言为我们讲述了一个悲凉的故事，也为我们敞开了特定社会群体的心理和精神空间，展现出丰富而真实的社会学细节。"

三

郭建勋也时时捕捉时代的变化，为他擅长的主题增添新的叙事元素，比如2008年左右席卷全球的金融危机便被多次写到小说之中。比如小说《回家过年》，它形式上讲述的是围绕"碧玉馆"这个欢场所展开的城市故事，这无疑是消费主义弥漫的城市空间里最为典型、最激动人心的叙事场域，但小说的兴趣点并不在此，而其背景——那场令人闻风丧胆的金融海啸，连同它给人们生活所造成的波澜和创伤，才是小说的关切所在。

小说也借此呈现出更为深厚的社会内涵。在全球资本主义的危机阴影下，财富和欲望的裹挟，使得个人内心的孤独和焦灼感变得日益明显，在这座巨大而空旷的城市里，人们找不到一个可以倾诉的人，这不就是现代文明的病症所在吗？就像小说中陈哥所说的："在深圳混了这么多年，我现在才知道，吃喝的朋友一大把，说知心话的朋友却一个也没有。"在这个剥夺了他男性能力的城市里，他找不到一个可以倾诉的对象，为了排遣这种不吐不快的郁闷，他不得不寻求欢场女子，不为作乐，只为获得内心的宁静。

当然，小说中详尽展开的陈哥的城市适应史，无疑颇为引人注目。这位从乡村来到城市，白手起家的梦想者，在深圳这个残酷的资本场，以其艰难的打拼终于获得卑微的成就，可一场突如其来的金融海啸又瞬间将其吞没。但又恰恰是金融海啸，使得小说中欢场的生意反而日渐兴隆，这便颇有些末世狂欢的意味。小说在此，也将几位性格各异的"性工作者"的过往作了清晰交代，无论是马艳、顺英，还是阿丽，她们的生活都并不如意，甚至潜藏着巨大的风险，因而当那些该来的终归要来时，不幸的背后让人更多思考的还是时代本身的烙印。

在此，呼啸而至的金融海啸，终究让人见识了全球资本主义的残酷，当剧中的人们最后无奈地从资本的美梦中醒来时，他们终于认识到平凡朴素的生活才是人生的真谛，这或许也是小说题眼"回家过年"的意义所在吧。

小说《退保》同样关乎金融海啸，展现的也是乡下人艰难的城市适应问题。小说以排队退保的主人公老唐的记忆闪回来结构整个故事，引出他颇富意味的人生经历。作为年轻时候的乡下能人，老唐曾经辉煌过，之后又走向沉沦，在一番大起大落的人生经历之后，他来到了深圳这个寻梦的城市打拼。经过一番努力，他逐渐站稳了脚跟，工作的单位竟然给他上起了社保，这让他燃起在深圳养老的理想，然而这一卑微的想法却终究难以实现。在悲剧性地遭遇了金融海啸之后，一切又回到原初，

"厂让金融海啸给啸没了，大家作了鸟兽散"。在此，社保卡极为巧妙地代表了一种城市梦想，交满十五年就可以领取退休金，这是一个城市人体面的标志。因而故事的核心情节，"退保"，对于老唐来说无异是一次艰难的行动。它意味着在辛苦的打拼之后，既往的一切都已化为泡影，那些曾经的梦想也烟消云散，生活不得不回到最初的起点。在老唐那里，城市已经退无可退，他不得不重回乡村，这个失去了一切的男人，在小说的最后无奈地踏上退保返乡的路途，其间的悲剧感不言自明："深圳的太阳好毒，脾气是一丝痰沫，那剩了不多的脾气一会就晒没了，晒不掉只是嘴角的那粒痣，在幽深的岁月里愈来愈黑，坚屹起老唐最生动的标志性建筑。"

四

在郭建勋的小说中，最具悲剧感和讽刺意味的当属那篇《继续深刻》。在这个小说里，在小城市当老师，却又不愿出卖尊严的"我"和小月，踏上了南下深圳的打工之路，然而，也像作者笔下诸多悲切的故事一样，小月选择在大城市出卖尊严，也不愿在小地方苟活。就像她所说的："只要我们能过上美好生活，我就愿意做鸡的，我太喜欢做鸡了。我情愿做鸡也不愿意跟校长上床，这是我的底限。"而更为可笑且富有隐喻意义的是，"我"自从来深圳的第一天起就阳痿了。面对城市的震惊，是一个令无数男性尊严丧尽的瞬间。"深圳就是个搞怪的城市，这里有满大街的美女，你鸟硬，你想操谁就操谁。但你刚来，就得给你个下马威，让你的鸟硬不起来，只能看见满大街的美女流口水。"

当然，对于这些进城务工者来说，城市的生活无疑是艰苦的，他们迫于生计过着老鼠般的生活。小说也为此饶有意味地展示了城市底层那逼仄却也富有勃勃生机的景象：

小巷本来就是热闹的，住的都是做小生意的，修理类的：修单车的、修鞋的、修锁的、修煤气灶的、修电视的、修热水器的；卖吃的：卖鸭脖子的、卖烧烤的、卖水果的、卖臭干子的、卖麻辣烫的、卖炒粉的；卖生活用品类的：卖鞋的、卖衣服裤子的、卖领带的、卖袜子的、卖皮带的、卖化妆品的、卖剃须刀的、卖皮带的、卖玉石手镯项链的；还有卖文化工艺品的：卖刺绣的、卖装饰画的、卖假古董的、卖盗版书的、买盗版光碟的、看相算命的。当然，还有其他一些行业，如一些混得不好的小烂仔、小偷或者做路边鸡的，等等。现在他们刚吃完晚饭，正在准备或收拾他们谋生的家伙，一等夜幕降临，他们就像老鼠似的倾巢而出，迅速而准确地占据这个城市的某个角落，开始他们一天的营生。

而就像小说所说的："这个城市，白天是属于那些大盖帽的，晚上是属于这些老鼠的。老鼠们使这个城市变得柔软而充满人情味。"小说也借女老刘之口表达了对城市的看法："现在，我们的每座城市都是'重帘不卷留香久'，修起了那么多水泥森林，挡住了阳光、飞鸟和虫鸣，与这些水泥森林为伴的是被污染了的空气和河流，而在这个森林住的是变得比狼还凶恶、比狐狸还狡猾的城市的人。当然，看上去也有姹紫嫣红的风景，但那是人造的、没有生命力的风景。"这样一种"看法"也在小说之中一步步得到深化，"这是个扯淡的城市，我都要离开这个扯淡的城市，回老家过田园牧歌式的美好生活了。那里没有官商勾结，那里没有尔虞我诈，那里没有城管，没有工业，没有污染，没有蒜你狠、姜你军、豆你玩、糖高宗。那里的空气清新得像刚挤出的牛奶，那里的水清澈得像处女的明眸。我要筑一座房子，面朝大山，春暖花开。在那里，我和你嫂子再生五个小孩，我教他们读书识字，那是我的云中鹧鸪国"！这种浪漫主义式的城市控诉，既包含着基于现实的社会批判，也是对于城市现代文明的一种反思。当然在此，作为一种现代性的疗救方案，乡村仿佛成了拯救城市的田园牧歌之地。但事实上，早已荒芜的乡村并不能担此重任，这便就像雷蒙德·威廉斯在他那部《乡村与城市》中所昭示的："城市无法拯救乡村，乡村也拯救不了城市。城市与乡村的这种矛盾与张力反映了资本主义发展模式遇到的一场全面而深重的危机，要化解这场不断加深的危机，人类必须抵抗资本主义。"①

小说中值得一提的细节，还包括老刘的阴间房地产所寄予的隐喻意义。这仿佛是一个新的城市乌托邦的光辉前景，在他那里，山水墓厦只卖给城里人。"我也发房产证的，而且产权一百七十年，最要紧的，我还保证：一是保证房价不涨，二是保证不收物业管理费，三是保证不炒房。户型也只有一个，全是五十平方厘米的公寓型。""我的计划

---

① 【英】雷蒙·威廉斯：《乡村与城市》，韩子满、刘戈、徐珊珊译，商务印书馆2013年，封底。

是，一百层，一百个城市，每个城市限五百人。而且，我是有门槛的，不是谁想来就能来的。一是做过官的不能来，哪怕做过小股长、办公室主任、协会会长、秘书长啥的，都不能来。二是做过生意的不能来。当然，像我们卖臭干子的、卖鸭脖子的这样的就不能叫做生意的啦。三是戴过大盖帽的人不能来。四是贪污过的人不能来。五是卖淫嫖娼的人不能来。六是打过老婆的人不能来。七是偷过人家的东西的人不能来。八是公众人物，尤其是演艺界的人物不能来。九是不孝顺的人不能来。"作者就是以这样的方式，愤恨不平地表达了自己的城市批判之情，这虽然只是一些无奈的反讽式的社会批判，却也以非常朴素的方式涉及"抵抗资本主义"这一宏大的现代命题。而这对于郭建勋整体上浪漫主义的城乡对立书写而言，无疑是弥足珍贵的精神资源。

深圳的绝望与温暖

——毕亮小说论

　　毕亮的小说里充斥着80后失败者的故事，这在同龄作家中并不少见。在他笔下的深圳故事中，我们可以深切感受到大城市对于个体生命的压迫，那些无端耗费的青春，物质的困窘与精神的荒芜，以及生命的痛感和理想的幻灭。如其所说的："是世界刺痛我了，普遍的道德失范、没有敬畏心、没有耻感……这些都让我觉得不舒服，我有话要说，于是想拿起笔写作。"正是这种自我与世界的紧张关系决定了他小说的基本面貌。作者似乎极端迷恋毁灭的魅力，肆意生长的文字饱含着偏执与愤恨，晦暗之中也潜藏着难以察觉的残酷美感。然而，他的笔触也满怀对小人物的悲悯和失意者的抚慰，读来不禁令人感念。"我的小说调子有点暗沉，但我希望它像篝火一样，虽然底色是灰的，但仍能让人看到温暖和烛照灵魂。"他最有代表性的"在深圳"系列小说，便在整体上表现了一种对弱势人群或小人物命运无法割舍的情感，充满着同情的理解和深切的悲悯。

在谈到个人经历与小说创作之间的关系时，毕亮将之归咎为"深圳的'馈赠'"，"十年了，深圳生活仍然时不时地令我惊奇，高度的现代性，蓬勃的商业环境，崇尚竞争、崇尚速度，钢筋水泥的丛林法则扼杀了诸多天性，譬如童真、朴实、真诚，人心一天天冰冷、'硬化'。我们不得不不断地做出让步、妥协，学会接受……有一天，我突然想写一个人感受到的文学的'深圳'，写在深圳的不安、困惑、焦虑、希望和绝望……这些'情绪'因深圳这座表皮光鲜改革开放的前沿城市而放大。这是深圳或说时代馈赠给我的富矿"（毕亮《深圳的"馈赠"》）。在深圳这座谜一样的现代城市里，毕亮用执着的文学眼光打量着"城里的外乡人"。那一个个鲜活明亮的生命，为了卑微的梦想而不断打拼，那些精神的抗争与无奈的妥协，都充满着显而易见的悲壮色彩与悲剧意义。然而，深圳这座暧昧的城市，又具有着它无可比拟的复杂性，"很多事情并不是表面看上去那样光鲜、干净，而是说不清道不明的"。为了准确地传达城市背后深藏的暧昧与复杂，毕亮在其写作方法上苦心孤诣。纵观其小说，可以清晰地感受到西方现代作家的深切影响，比如海明威、卡佛、奥康纳。尤其是卡佛，毕亮本人并不讳言对他的迷恋，他觉得"那些简约的叙述和作品里巨大的沉默，经常能'唤醒'我，使我时不时想起生活在深圳的欢喜与疼痛"。而事实上，卡佛简约的写作方式也确实深藏着一种丰富的情感维度，因为"很多含义都是隐藏在文本背后，看似平静，实则波涛汹涌……那种感觉就像暗处的光，幽暗，影影绰绰，但若同篝火，能让立在暗处的人真切地感受到温情与热度"。

就像毕亮所说的："居住在深圳的时间长了，我自然而然地开始用文学的目光打量和审视这座现代化城市。"《外乡父子》便是这种观察的结果。

如果说他此前的小说主要是在"回望故乡",那么从这篇小说开始他真正书写深圳,呈现"在深圳"的所思所想。《外乡父子》记录了一对广西父子在城中村里拾荒度日的生活,他们物质的困窘,以及比这更可怕的,精神的日渐委顿。而席卷全球的金融危机,则让这一切都变得愈发艰难。小说借这些城市里的匆匆过客,探究了以打工群体为切入点的时代真实。它书写了异乡人来到深圳的挣扎,以及挣扎过后被时代洪流卷走的过程,也因此被认为是"一部理想幻灭的备忘录"。

毕亮喜欢写日常和琐屑之物,如其所言的,在小说中,他更愿意把自己当作侦探,"去发现人物细微变化的表情,留在桌面指尖的纹理、水杯上的唇印,探索晦暗不明的空间和旁逸斜出的枝节"。比如小说《纸蝉》,这本是一篇书写父子之情的煽情题材，但毕亮的写法依然保持着克制和疏离，以此呈现一种无言而沉痛的爱；再比如《地图上的城市》里的主人公，有着令人惊奇的收藏地图的特殊癖好，只因地图让人看起来像城市的主人，这一妄念的虚荣与卑微可见一斑；《金鱼》中关于城市橡皮人的说法显得极富隐喻意义，"没有梦想，没有神经，没有痛感。整个人犹如橡皮做成的，不接受任何新生事物和意见，对批评表扬无所谓、没有耻辱和荣誉感的人"。所有的人似乎都被一种虚无主义的灵魂所笼罩，他们都想改变现状，愤然离开，但却终究缺少离开的勇气。在这样的时代，如何延迟我们灵魂的荒漠化？小说所提出的问题振聋发聩。小说《离散》总是让人想起存在主义哲学家萨特的经典说法，"他人即地狱"。故事主人公孔琳、王朗所承受的生活压力，那些创伤、警觉与毫无来由的人际隔阂，都使得夫妻之间并不完全了解，而与此相对，放下一切的陌生人的坦诚交往却令人无比感念。小说中，那个患有嗅觉障碍症的调香师所调制的最后一瓶香水，成为夫妻间彼此拯救的希望所在。

毕亮曾多次谈到自己写作时的心理状态，似乎总是有两个"我"在生长："一个在现实世界，一个在虚构的小说世界。坦率地讲，我不喜欢现实中的'我'，规矩、貌似有教养、假装体面，似一只笼中圈养的家禽，看不到可能性；我更珍视写小说的'我'，坐在黎明前的黑暗中，写绝望的故事、写温暖的故事、写绝望与温暖交融参半的故事……那个'我'是莽林里的野兽，看不清来路，看不到去处，充满了未知和可能性。"（毕亮《"深圳"的馈赠》）

深圳这座城市带给无数年轻人刻骨的屈辱感，逃离似乎成了毕亮小说的精神出口，他的小说中人渴望逃离，却一次次无奈地立在原地。《逃跑计划》揭示的是城市里过于赤裸的成功哲学，它包含着无止境的奋斗、拼搏，换大房子，为此不惜承受着房贷、车贷，以及各种遍布的压力。在此情形之下，良善的人们或许又时时幻想着逃跑，从这密不透风的牢笼中脱身而去。于是便有了这个过于玄虚的"逃跑计划"，计划的一部分是独自去西北远游，栖身戈壁、胡杨林，不上班、不拼搏、不奋斗，放弃一切的束缚，不用对任何人、任何事负责，当一个人生的叛逃者。然而城市人又总是牵绊太多，他们终究缺乏逃跑的勇气。《海钓者》里费天鸣总是幻想着独处，而独处的最好方式便是海钓，这也兼有专治狂躁症和轻度精神分裂症的功能。费天鸣还幻想着，他有朝一日能变成一条大马哈鱼或者海马，这样便可抛开一切，跃入这深海，过另一种生活，而这样的欲求岂能轻易实现。

同样的徒劳也在《而立之年》之中闪现。这篇小说写的是城市人的虚荣心，为了将人生的道路"越走越宽"，王琳费尽心机地培养自己的交际圈，谋划着尽早将职务中的"副"字摘除。她活得何其辛苦。在这个不完美的世界里，我们倾听着来自四面八方嘈杂的声音，"却听不到来自身体、来自内心的狂怒"。作者的追问也在于，"为什么我们所有的人都要往同一条道上挤，进同一扇门，房子、车子、票子，然后是，更大的房子、更好的车子、更多的票子"。在这个欲望的城市里，所有的人都在迷恋成功学。然而，到了而立之年，我们其实可以想象另一种生活，去西藏，抑或是去终南山。"三十岁，我想去一趟西藏，去高原听一听经幡在风中舞动的声音"，这或许也只是一个过于缥缈的梦想，犹如尘世的乌托邦一般，遥不可及。然而究竟是该走上进的路线，让自己活得紧张，还是活得更洒脱一些，这是一个问题。

基于一种道德理想主义原则，毕亮的小说显得无法坦然地看待故事中人对于物质主义的合理追求，在他看来，似乎一切的物欲都是肮脏可鄙的，这也恰恰显示出作者对此的过度敏感。纵观毕亮的小说，物质主义所占据的比重显然还是多了一些。比如他一再写到叙事人作为高档社交场合里的旁观者，豪门聚会中的被冷落者的形象出现，他们也往往因为自己的被冷落而自感卑微乃至愤怒不已，这样的情绪虽不无资本年代的社会批评本色，但最重要的还是一种心态焦躁的表现，无法从容超然地看待物质与世界的关系。他就像所有不成熟的男人一样，对于世俗有一种迫切的逃离愿望。这也是一个拒绝长大的孩子，迷恋无忧无虑的童年时代的那些历历在目的纯真与美好。他小说中的人物总是如此轻易地受到物质主义氛围的影响，进而在一种攀比的憋屈中感慨自己艰难的处境，而年轻的情侣也总是在沉默地离开，酝酿一次围绕金钱的争吵，就像《百年好合》所展现的那样。不过好在，富贵竹上缓慢爬行的蜗牛，终究预示着相濡以沫的坚守，这也是小说人物最后的选择。《挺好的我们》里令人顿感逼仄的现实在于苗青的账本和她节衣缩食的日子，而她却执着地梦想着诗与远方，就像小说所谈到的，"这个世界只有一种英雄主义，那就是在认清生活的真相之后依然热爱生活"，这种朴素的生活哲理也值得人们细细品味。《假面游戏》中，叙事者对于成功的渴望与对于成功的鄙视一样浓烈。在此，成功是一个虚妄的执念，容易让人滋生爱而不得的怨恨。与这个城市的假面游戏相对的，是贫穷者失落的尊严，以及他们所渴望的真诚。这也让人想起科恩兄弟导演的电影《醉乡民谣》，"我喜欢那个时代、那些民谣歌手，岁月和命运对他们并不友善，但他们努力保持真诚，对内心、对艺术的真诚"。

毕亮的小说似乎总能轻易展现其出色的叙事技巧，这也是短篇小说最原始的艺术魅力。《铁风筝》呈现的就是生活本身那惊心动魄的截面，其情节的推进，情绪的营造都堪称精湛，而最后的结局更是出人意料。小说讲述了一个有关犯罪和救赎的故事。曾经身为特警的马迟，在一起缉捕银行抢劫犯的行动中无意射杀了作为人质的骆驼饲养员杨沫丈夫，几年之后，无法摆脱内心愧疚的马迟，毅然放弃了已有的女友，开始小心翼翼进入那个深受其伤害的家庭，他要实施自己的救赎计划：以相亲恋爱的方式进入这个家庭，进而竭力补偿着母子二人。于是，男女主人公各怀秘密地相处了一段日子。最后，马迟向杨沫坦白，"我杀过人"，而对马迟的真实身份一无所知的杨沫，怀着信任和回报的心理，也将内心最阴暗的秘密和盘托出："马迟，想了好久，我觉得还是应该告诉你这件事！吞吞吐吐她说，我老公他……他不是个好人，他跟那帮抢银行的劫徒是一伙的。他……他也是为给孩子治病！"一直以为杨沫丈夫是无辜人质的马迟，这个时候才赫然明白，她丈夫原来只是伪装成人质的打劫者，于是，所谓救赎的意义也瞬间崩塌。正如评论者所言的，这是一部弥漫着罪感的小说，小说里每个人物的角色都极富意味，警察马迟既是执法者又是某种意义上的罪犯，而案件中的人质既是劫匪也是拯救儿子的家庭英雄，"人人皆有罪，人人又那么无奈和无辜，仿若渴望飞翔却身重如铁的风筝，也仿若在尘世中'受难'的骆驼"。小说在此巧妙暗示了故事中一再出现的骆驼意象，也由此阐明了标题"铁风筝"所蕴含的复杂意味。

《我们还有爱情吗》呈现了两个失败的80后青年柳慕雅和马漠一地鸡毛的生活，他们因物质的困窘而不断争吵，"来深圳都四年了，当初来的时候是什么样子，现在还是什么样子"，别人都是以"深圳速度"跑步前进，而他们却原地踏步，一无所有。而这一切都是从主人公来到深圳之后发生的，"过去他们是两朵棉花，挨到一起能相互温暖；现在他们却成了两只刺猬，碰到一起就会刺伤对方"。小说中马漠与百合的段落显得复杂而深沉，这原本只是一次目的单纯的感情欺骗，却混杂着屈辱与尊严的丰富面向。小说最后，马漠把百合丢弃在绿油油的草地上，"猛地他发出恐怖的笑声，似乎来自地狱幽谷。他笑得眼泪水在脸上流成了河"。他心里的魔鬼复活了，变成了另外一个人。小说丰富的内心对抗，以无声的血腥方式展开，而那些被缓慢吞噬的青春，无尽的快意与忧伤也一并呈现。

值得一提的还有《消失》。小说里女人离去的男人把房子租了出去。一对年轻人满怀憧憬地准备同居。而作为过来人的男人开始劝诫懵懂的情侣："我朋友来深圳时，也跟你们一样相信一切。但有时很多事不由自己决定"，"人往往只想到美景，事后才去总结身处的绝境和险恶"。而女孩顽固地认为那是"孤例"，她"相信爱情"，便留了下来。但房主留下的"情书"，却终究使她对爱情又有所疑虑。"她闻到屋里有一股怪味，估计什么东西烂掉了。"城市的残酷，让浪漫消失殆尽，它让一切都变得腐烂，包括那些海誓山盟的恋情。《恒河》呈现了孔心燕"剩女"的悲哀，为了把自己嫁出去而编织了一个无伤大雅的谎言，但问题不在这里，而在于生活的艰辛与处境的艰难。在此，小说的题眼——"恒河"及与之相关的遥远梦想，都赋予小说独特的意义，如评论者所言的，这种事关宗教洗礼的神往，赋予小说"腾飞的动力"，"将一不小心就会堕入通俗文学陷阱的题材拉升起来，放射出神圣、恢弘、荡气回肠的光彩"。就这样，毕亮书写了一个被命运追逐而击垮的女性，这里既有现实的弊端，又有人性的缺陷，而隐喻着人性理想的恒河一直是主人公可望而不可即的符号。

当然，毕亮也有为数不少社会意义大于文学意义的作品，《继续温暖》里那则官当镇的故事便是这样。小说展开的是这个社会最令人心酸的角落，描绘了一个农村留守老人和孙子相依为命、互相扶持的生活情景，这个故事的社会背景是城乡的巨大反差，以及都市进程中对乡村情感的剥削，但小说以带泪的微笑，化解了这个沉重的话题，描述了一家人在社会变革中的艰苦打拼、相互"温暖"。《母子》中小镇上的母子，同时也是台湾人的情妇及其私生子，这对没有名分的人，也只有在小镇上自生自灭。而《血腥玛丽》也是在竭力铺展底层青年生命挣扎的极致震撼，在残酷的真相之后力争获取人们的同情与悲悯。

正如评论者所指出的，毕亮的小说还存在着一些简单重复的现状，其题材深切意义的开掘还略欠火候，这也在某种程度上显示出临门一脚的"欠缺"。不过好在他的努力正在逐渐化解这种"欠缺"，而他的写作道路也将注定光辉漫长。

世俗的悲苦与决绝

——宋唯唯小说论

在宋唯唯的笔下，我们总能看到那个十六岁离家出走的少女，她的无助与凄然，以及决绝中挥之不去的折辱和悲凉。这些用情至深的文字，甚至就是这位承受无尽创痛的女子，在回首往事时惊魂未定的诉说。在那张皇无措的喟叹里，消逝的时光闪烁着凛冽的寒意，让人想一想都觉得毛骨悚然。然而，这又是一位每晚都在夜深人静的台灯光下读红楼的女子，她半生都只住在那本书里，由此体味人生的虚空和荒凉。这样的经历与心境，注定会塑造她小说的样貌。因此于她而言，以此观城市，则能见出万人如海的城市里无尽的苍茫；以此写乡村，虽情趣浓郁，却也在一切悠然的日子之中潜藏着难言的悲苦。

一

作为一位久居深圳的作家，宋唯唯的小说当然极为擅长描绘城市的面孔。在此，无论是虚无的网络世界里那些毫无来由的恋情，还是以反讽的笔调书写那些委顿不堪的男人们，再抑或以女性的流转来刻画深圳的城市本质，都带给了人们长久的情感回味。

《不与梦交往》里长白山下最时尚的女孩子，有着对于外部世界的单纯想象，这也是传媒时代日常生活百无聊赖的点缀。如人所预料的，故事中女主人公纯真的爱慕投向的是电视中那个让人眼前一亮的新闻主播，一个虚妄的香港男人。当然，她那毫无来由的迷恋，既是单纯的爱慕，也清晰地混杂着对于香港这个资本圣地的向往，这或许也是闭塞的小城市对于自由愿望的极致渴求。在这个热情的女子向那个从未谋面的男人发出一封又一封的电子邮件之后，短暂的回应便让她热泪盈眶，直到有一天，她决定抛下一切，向她所能企及的远方——深圳进发，"她想要对他诉说她的焚身的思念之苦，她的孤注一掷的千山万水的投奔"。然而当她到达深圳之后，那个和她在网上彻夜闲聊的男人却迟迟不肯露面，"她，一个人，流落异乡，病入膏肓，千山万水的投奔只落得一个决绝的被抛闪"。

她在这万人如海的城市里举目无亲，只能独自品味它的坚硬和冰冷。当然，这一切也不能全怪那个不敢出现的男人，她自己"跋山涉水，相思成疾地为他来到，将自己放得那么低，那么低，爱得落到了尘埃里，然而，她长孙凌眼里的自己，何尝不只是一枚虚荣的女子呢"？更何况他只是一个平常的男人，这一切也只是他一时失意时聊胜于无的情感游戏。长孙凌早该明了这些，只因她一时放不开那偏执的妄念，便在凄风冷雨的城市感受到万箭攒心的创痛。这个凄然寻梦的女子，在和自己浮华的梦境打了个照面之后，便迅速感受到它的缥缈虚妄。她要放弃这段从一开始就饱受折辱的恋情，尽管这个时候，可怜的男人似乎已经开始陷了进去。

因而她的坚定带给他的伤害，怎么说也算是在感情的游戏里扳回了一成，可这样的惨胜，连同那"死生契阔的苍茫"，"已经钻心噬骨地溶入了她的宿命"。就像她哽咽时所说到的："其实不管怎样，有一天我们都会死去，会离开这个世界。无论多么遥远，你都会记得，这一生中的这一刻，我最爱你，是所有人当中最爱你的那个人。而我老的时候，想到年轻时，曾经千山万水地去爱过一个男人……这些都是一生里好的回忆。"这种爱的极致所烘托出的凄婉和哀艳，连同那痛彻心扉的渴念与决绝，将注定带给人们长久的感动。

《念奴娇》里那个曾经雄心勃勃的海归博士，他的事业风生水起，然而所有对于生活的激情都损耗在一场旷日持久的离婚大战之中。"一直以来，他为了一桩爱情而孤军奋战，借债度日，事业停滞，声誉备受所有人指责。没有盟友，没有避风港，没有人帮他……"而他和情人连同那个未婚先孕的孩子，这个"规范的车道里他未来的人生"，也是如此暗淡颓然，就像他所说的："那些细枝末节，荒烟蔓草盘根错节的繁复情愫，全在这场旷日持久的拉锯战中磨完了。""他许多的品德，心灵的质地，也随着拉锯战的残忍、不见天日的持久，一同泯灭了。他的青春岁月，对未来曾怀有的热情期待，随时随地准备上当受骗的真诚、善良、好商量——都没了，都付给第一次婚姻，殉葬了。"就此，终于将这个曾经风光的男人摧残成欲望城市里一个彻头彻尾的"人渣"。小说最后，那对绝望的母子穿上了象征复仇的红色，"施施然走去阳台"。这是一幕让人震惊的场景，留给故事主人公的是无限的惊恐和凄惶。

在此值得一提的，无疑是宋唯唯的最新长篇《朱尘引》，这是一部不折不扣的城市传奇。它以深圳为背景，用诗化语言，真实而细腻的笔法，展示了荷荷青春奋斗历程中的欢乐与痛苦，喜悦与忧伤。十六岁的少女荷荷，为生活所迫来到深圳打工，她从做保姆开始，曾一度堕落为光鲜者的情人，解脱之后顺利结婚，最后又落魄地回到了生活起跑线，重新当起了保姆。小说通过这四个阶段的人生展示，颇具现实主义的方式呈现了当下的深圳，或者说当下都市的生存现状，由此折射出这座城市底层人群艰难卑微却又坚韧不屈的精神图景。所谓"朱尘引"，即滚滚红尘的引路者，意在强调城市这座"大染缸"所具有的悲剧效应。小说中的文星极为典型，这样一个在异乡过着江水飘月般生活的男孩子，辛辛苦苦地要成为"人上人"，到头

来只不过是个表面光鲜、内心苦恼的平庸角色。这
与宋唯唯小说中委顿不堪的男性形象一脉相承。而雀
雀的诸多特征看似与生俱来，其实却是这个城市的生
活无形中赋予的，比如她的圆滑、乖巧、厉害、上进
等。而主人公荷荷开始时作为一位极为美好的农村小
姑娘，被寄予某种人生理想，但她终因遇人不淑，而
没有获致生活的回报。在偌大的深圳，荷荷见惯了无
所事事的全职太太，也见识了雀雀陀螺式的旋转和忙
碌，还爱上了从泥土堆里爬到显赫高位的孤独诗人文
星，然而一切都是虚空，唯有以生活为代价认识到女
人自强与自尊，才是人生的真谛所在。

二

在城市生活之外，乡村背景里的儿童故事，是

宋唯唯极为重要的小说类型。在此，她的故事永远
寄予着绵密的乡村质感和自然和谐的人性世界。那
些甜蜜的温柔在孩童的世界里静静流淌，然而，那
些难以察觉的命运和人性之恶，也总是小心地守候
在此，给一切悠然的日子笼罩一层浓郁的阴影。

《女孩小馨》便以唯美的笔调书写单纯而无忧
无虑的儿童世界。小说之中，作者着力营造了一派
自然和谐的生活场景，绵密的日常生活被编织成
章。小女孩们吵吵闹闹，上学玩耍，她们传神的所
思所想如在目前。然而，这些平淡无奇的故事中又
仿佛蕴藏着难以察觉的凶险：总有一个突如其来的
事件，要打破这永恒的宁静，让人惴惴不安地等着
最后的悲苦如约而至。果然，无比乖巧的小馨虽成
绩好，有出息，却因妈妈的悄然离去而如坠深渊，
而家境优裕的秦思雨，则因家庭的重男轻女而备受

歧视。两个不幸的小人儿只得彼此依偎，相互取暖，共同抵御生活无边的创痛。小说无比动情地书写了两个女孩凄婉的友情，读来令人震动。不过好在小说结尾之处的悲悯和温暖给了人们一抹亮色，我们的主人公女孩小馨，"她如一个宁馨的小小天使，生着一双澄明的大眼睛，落入滞重的苦难无边的人世间，可是，所有的，那些怯怯的，小心翼翼的关于生命的愿望，都可在她的身上悄悄实现的"。

同样是长河边的故事，《长河边的小兄弟》也以儿童的世界见证了乡村故事的质感。小说围绕霄霄和乔乔这对长河边絮语的小兄弟，将乡村的生活世界绵密且极富美感地展开，而一派自然和谐的生活场景也悄然呈现。在坚硬的现实突然介入之前，乡村的生活世界仿佛是没有时间的永恒静谧的所在，而小兄弟们周边的日常故事，也几乎全然是无所用心的叙述，如长河般绵延不绝。直到有一天，传说中抛妻弃子的爸爸终于回来了，这一惊人的消息才打破乡村的宁静。年关将近，孩子们的爸爸终于骑着摩托车回到了家里，然而他那一身的伤痛却让人唏嘘。原来他因在广州无证拉单车，被管市容的联防队员盯上，为了保住摩托车他不惜被联防队员揍得遍体鳞伤。在此，城市的残酷不在于身体的创痛，而在于这种伤痛给孩子们留下的心灵创伤。在此，无端的恶的横行，让人如鲠在喉。小说却以这样的方式写出了城乡对立的现实，"出门在外没一天不受气受累的，就仿佛乡下人都不是娘养下来的"。宋唯唯小说的结尾，总意味着宁静世界的绝对危机，而在短暂的危机过后，世界的宁静也逐渐恢复。小兄弟们的成长也在此悄然实现，"村庄睡着了，长河睡着了，只有他们躺着的树枝上翠绿的叶苞，只有春风吹着漫野的油菜花的香，只有深蓝的天空上满天的繁星，眨巴着眼睛，闪烁着光芒，温柔无语地陪伴着他们"。

宋唯唯笔下，绵密的日常生活的纹路总是被梳理得井然有序，深情的笔墨里氤氲着扑面而来的烟火气。或是小镇的市井风情，或是乡村的田园意趣，都在此静静流淌。《地母》里的小镇生活如此黏稠地铺展开来，着实令人惊叹。面对这样的世界，那些传神的景致、风俗人情，不禁令人流连，甚至有时候，叙事者自己都会陶醉其中，险些忘了故事的初衷。小说中的鸭母，一个多少有些粗俗的肥胖女人，是小镇的焦点。小说刻意塑造她作为创造生命、主持正义的大地母亲的形象，她的魅力也在这里。尽管她自己的孩子不幸夭折，可捡回的弃婴千千，却带给人无限慰藉。面对如此难言的苦痛，作者着力呈现的不是她失意时的悲怆，亦非以苦为乐的强颜欢笑，而是一种世俗中的神性，基于朴素伦理所展开的美好人情。小说里，从晨晨到千千，一个生命换回另一个生命，不用刻意隐瞒的身世，以及玩笑中蕴藏的悲苦和达观，无不令人动容。小说也借此执意要在人间发现这种神性，如小说最后所展现的，"她的背影，看起来，如此的厚实，如此的，令人伤感，令人落泪，她仿佛一尊，落在尘埃里的罗汉"。

作为一位极度敏感的女性作家，女性的命运问题，自然是宋唯唯的小说竭力关心的话题。《泛流河的女人》讲述的是早起采笋的少女菊的一桩奇遇，滚滚长江突然出现的一个"泛流河的女人"，"门板上的女人，被人家搁在长江里'放流河'。

她是一个有罪的女人。罪恶到无以复加，以至于她的族人和长者都不屑于动手去杀她，不能叫她痛快地一命呜呼地死去——他们将这样的女人绑缚在一叶门板上，恨恨地推到大江大河里，让雷劈死她，让雨浇死她，让江水里的大鱼大怪吃掉她，总之，就该让天收了这受天谴的妖物"。小说通过这个"泛流河的女人"与少女菊的短暂交谈，让我们获悉了她悲惨的遭际：这位不堪忍受虐待而杀了夫君的"妖女"，"被他们族里的人钉在这面门板上，推到江里放流河，要漂七天七夜，要是第七天人还活着，就可以上岸去"。而在这凶险之地，谁又能坚持七天呢？少女菊甚至决意救她上岸，送她去汉口寻找旧爱，可女人执意要按照上天的意思，完成这七天七夜的旅程，仓促而一意孤行地走向那"没着没落、看不见人烟的前程"。而神色迷茫的少女菊，也只能伫立在岸边，目送门板的离去，徒劳地为女性的命运扼腕叹息，"她抿着嘴巴，起伏的肺腑间鼓荡着无限的伤心和失落"，因为，"在水上，走掉的仿佛是她的魂灵……"。

三

有时候，宋唯唯也会一头扎进历史，尽管她写的还是那些人情世故的传奇。比如《说日本话的喜鹊 说日本话的乌鸦》所呈现的，并不是喜鹊或乌鸦的通风报信，而是日本侵略者的凶残与暴虐，以此打捞那"太久的岁月是一口陈酿的酱缸"，而文本之间弥漫开来的则是一股无言的悲痛。同样是以历史故事开头，小说《耻》乍看上去，似乎有重写汉奸的历史冲动。陈丁的爷爷陈乙，这个只身与日本人周旋的乡绅人物，用小说的话说，他"提心吊胆地护着这个村子"，可在日本人一滚蛋之后，就被收拾河山的旧政府抓做汉奸了。历史的讽刺被作者清晰地传达了出来。然而，小说的重点当然不是历史，而是他们的后代宋五和陈丁。这对有着深厚同窗情谊的童年玩伴，在家族的恩怨和历史的阴影之中变得不知如何相处了。在各自曲折的成长轨迹中，他们终于分道扬镳地长成了两个截然不同的人，而历史的阴影依然幽灵般地纠缠着。"学霸"陈丁一路辉煌，为家族扬眉吐气，却因性格使然，官场不顺之际提前告老还乡回到乡村。而此时，当年的"学渣"宋五，在一番折腾之后，却早已是乡村的实权人物。于是，新的冲突在二人之间酝酿，这是一种结构性的事关乡村政治的冲突，因为此时，"往事都随着老一辈人的死亡，永远地过去了，成灰成烟了"。但一切已死去了的先辈们的灵魂无不纠缠着活人的头脑，历史的阴影深处潜藏着的深切耻辱感，从一开始就存在着，它也总在寻找一个合适的途径爆发出来。于是当小说最后，一切的伪饰都已撕开的时候，那些久远的东西便破土而出，"不知为何，这一刹那，他有些魂魄离体的虚弱和恍惚，他的心情，充满了比挫败感、屈辱感更深的痛楚"。

在历史之外，我们发现，宋唯唯的文字中感人至深的故事，往往还是那些打上个人经历烙印的作品。《你是表哥》便是这样一篇带有自传性质的用情至深的小说。这里没有恢弘的气势，也没有复杂而曲折的故事情节，她用充满温情的笔端记录了成长的忧伤和心灵的独语。在此，宋唯唯如此郑重地把自己写到了故事里头，而娓娓道来的则是唯美的凄情与决绝，历历在目的是少女成长的苦痛，她的郁结与愤恨，以及绝境中孤注一掷的幸运。这可谓是袒露灵魂的作品，名副其实的泣血之作。值得一提的是，1995年的华中理工大学，十六岁少女的离家出走，同样的情节在作者一篇题为《怀想一座城市》的散文中曾被提及，由此可见，这段真实的经历曾是作者人生怎样的一个关口？

在《你是表哥》之中，主人公月蓉所遭逢的一切，很大程度就是作者本人的人生写照：她与家庭成员之间人情的淡薄和凛冽令人震惊，而他和父亲之间，又是怎样的一场遍布谬误和荒寒的孽债？叙事者一次次地追忆十二岁那年的夏天，那个令人永世难忘的场景："纤细的，被太阳晒得黑黑的一个人，十二岁的，被人世的冷暖利刃，翻来覆去煎鱼一般，刺透了心的女孩，她在烈日底下飞快地走着，不时地抬起胳膊去擦满脸的泪——这穷、窘、弱小、无助的动作，令我已然对这人世，充满了彻骨的失望、不眷念。"而就少女的爱情而言，她与表哥之间，无比纯粹的恋情无疑感人至深；而就同性之间的凄绝竞争，她与金碧的女性较量，则颇有张爱玲小说那阴郁的氛围。然而归根结底，小说还是遍布了红楼梦式的情感与气韵，月蓉就是那个每晚都在夜深人静的台灯光下读红楼的女子，她半生都只住在那本书里，因此而体味人生的荒凉。